EL ASESINO DEL LAGO

MISTERIOS DE BLUE LAKE Nº 1

RAÚL GARBANTES

Página web del autor:
www.raulgarbantes.com

Redes sociales del autor:

amazon.com/author/raulgarbantes

goodreads.com/raulgarbantes

instagram.com/raulgarbantes

facebook.com/autorraulgarbantes

twitter.com/rgarbantes

Obtén una copia digital GRATIS de *Miedo en los ojos* y mantente informado sobre futuras publicaciones de Raúl Garbantes. Suscríbete en este enlace: https://raulgarbantes.com/miedogratis

ÍNDICE

EL DESPERTADOR suena a las seis y media de la mañana, como todos los días de lunes a sábado. Charles Peterson despierta un poco agotado, pues anoche llegó bastante tarde a su hogar. Mira a su esposa, Grace, entrando a la habitación con el cabello mojado y una toalla cubriéndole el cuerpo, y hace su mayor esfuerzo para levantarse de la cama. Sus hijos, seguramente, todavía no han debido despertar y tienen que ir a la escuela, les gusta mucho dormir. Se pone de pie y busca sus pantuflas. Entra a la habitación de Samantha, la menor de la casa, y le da besos en la cara hasta que la pequeña despierta; luego va a la habitación de Chris, el primogénito, y le susurra en el oído que ya es hora de levantarse. Después de asegurarse de que sus dos hijos están ya despiertos y comienzan a alistarse para ir a la escuela, Charles se da una ducha. Siente las piernas un poco cansadas, anoche corrió demasiado. Cierra los ojos debajo del chorro de agua tibia de la ducha y se relaja un poco. Se enjuaga bien el cabello y sale. Se viste rápido porque ya siente el olor del delicioso desayuno que ha preparado Grace y tiene muchas ganas de probarlo. Ella es una de las mejores cocineras que existen, su comida siempre es deliciosa y ni qué decir de los pasteles que prepara.

En la cocina, la mesa está puesta para cuatro. Grace y los niños comen panqueques con miel, el café de Charles está servido y él se sienta para desayunar junto a su familia. Samantha sigue con los ojos entrecerrados, su papá le da un beso en la frente y la pequeña le responde con un beso en el cachete.

—Anoche tuve pesadillas. No dormí nada bien —dice la pequeña.

—¿Qué soñaste, princesa? —le pregunta Charles.

—Que un hombre lobo entraba por mi ventana. Era muy feo. Tenía la boca llena de sangre y sus ojos eran muy grandes y brillantes.

—Tranquila, mi amor. Esas cosas no existen.

—Lo sé, papá. —Hace un pequeño silencio, luego abre los ojos y pregunta—. ¿Por qué llegaste tan tarde, papito? Cuando desperté, después de ese horrible sueño, te oí entrar.

—Tu papá sale a correr en las noches, Sami. Lo hace para despejarse y para sentirse mejor después de trabajar arduamente —le dice su madre.

—¿Tan tarde? ¿No te da frío, papá?

—No, mi princesa. Lo entenderás cuando seas grande. A veces uno necesita ejercitarse y estirar las piernas.

La pequeña mira a su papá con dulzura y se come el último pedazo de panqueque que tiene en el plato. Mira a su hermano Chris, le saca la lengua y luego se levanta de la mesa.

Chris ya es un adolescente y, como todos los chicos de su edad, no disfruta mucho de las charlas de sus padres; así que se queda totalmente callado durante el desayuno. Grace le cuenta a Charles que Gloria, la mujer del matrimonio que vivía frente a ellos, no puede lidiar con la reciente muerte de

2

Syd, su esposo, mientras viva en aquel lugar, por lo que se mudará. Charles escucha las noticias sin decir mucho. No le gustaba para nada el marido de la vecina. Era un hombre mal educado que no paraba de gritar y que frecuentaba a una muchacha que alquilaba una habitación a pocas cuadras del edificio en el que vivían. Le daba asco ese tipo mujeriego y desconsiderado. Gloria siempre le simpatizó, pero cree oportuno que ella se vaya a otro lugar para olvidarse de los últimos sucesos.

Luego de desayunar, Charles le pasa su taza vacía, junto con su plato sucio, a su esposa para que ella pueda lavar el servicio, le da un beso en la mejilla y va a cepillarse los dientes. Ya en el baño, se mira en el espejo y se siente muy guapo. Los años no le han terminado de robar todo su encanto. Se pone un poco de perfume en el cuello y se guiña el ojo a sí mismo. Ya listo para ir a trabajar, llama a sus hijos para llevarlos a la escuela antes de ir a la ferretería. Los chicos salen de sus habitaciones; Samantha abraza a su mamá antes de salir del departamento y Chris se despide fríamente. Salen los tres al mismo tiempo y bajan en el ascensor hasta el garaje, en donde Chris asusta a su hermanita, por lo que es regañado por su padre.

En el auto, Chris se sienta en el asiento del copiloto y la pequeña Samantha va atrás. A esas horas el tráfico ya es bastante molesto, por lo que les quedan largos minutos de viaje. Charles es un buen padre, siempre se preocupa por sus hijos; así que, a pesar de saber que Chris no le va a responder nada, intenta entablar una conversación.

—¿Ya elegiste qué deporte vas a practicar este semestre, Chris?

—No.

—Deberías tratar con el baloncesto. Tal vez tu altura te favorecería.

Chris no le responde absolutamente nada. Mira por la ventana muy callado. Siempre parece estar enojado con él y con Grace.

—Yo quisiera aprender a jugar raquetbol, papito —dice Samantha.

—Puedo enseñarte cuando quieras, mi princesa.

Chris se acomoda en el asiento echándolo un poco para atrás y sigue mirando por la ventana en absoluto silencio. Al parecer nunca va a decir nada. Charles está acostumbrado y sabe que es lo normal a esa edad. A veces se enoja bastante por la falta de comunicación de su hijo, pero siempre trata de comprenderlo. En cambio, la pequeña Samantha es una niña sumamente comunicativa y dulce. Todo el tiempo les cuenta a sus padres todas las cosas que le suceden en la escuela, las cosas que sueña y casi todo lo que mira en la televisión. No tienen que preocuparse mucho por ella, al menos no por el momento, saben todo lo que ocurre en su vida. A Grace sí le preocupa un poco Chris. Ella cree que quizá no es feliz, pero su esposo siempre le explica que su comportamiento indiferente es una cosa muy normal a su edad, que es un adolescente y que necesita su espacio para formarse y llegar a la edad adulta.

Después de un largo viaje hasta la escuela, Chris se baja sin despedirse y Samantha le da un beso sonoro en la mejilla a su padre. Charles los ve entrar por la puerta principal y se siente dichoso de tener una familia tan hermosa. Quizá es su recompensa por la difícil infancia que tuvo que vivir. Mira su reloj y se da cuenta de que se ha retrasado un poco y que tiene que conducir rápido hacia la ferretería. Seguramente pronto llegarán los primeros clientes del día y no puede dejarlos esperando.

Lo que más le agrada de su trabajo es que él es su propio jefe y —aunque respeta un horario de trabajo y él mismo se pone ciertos objetivos para cumplir— no tiene un superior que revise todo el tiempo su desempeño ni que le dé órdenes. A pesar de eso, estar todo el día en la ferretería le resulta un poco agotador. Grace hace todo lo que puede para que su esposo no se sienta presionado ni aburrido de la rutina, pues sabe que su trabajo es agotador. Es por eso que lo deja salir a correr en las noches, sin importar la hora a la que se le ocurra, pues el ejercicio aliviana las tensiones y permite que la mente se despeje.

Los domingos la ferretería no abre, y es entonces que la familia entera puede darse un respiro. Normalmente van a comer a algún restaurante bonito y luego dan un paseo por la orilla del lago, pues se encuentra cerca al edificio en el que viven. De vez en cuando, Charles se da un respiro más largo y cierra el negocio un par de semanas, o contrata a alguno de los chicos de la escuela en la que estudian sus hijos para que cuide el lugar. Esas semanas las aprovecha para llevar a Grace y a los chicos de viaje. Algunas veces van a la playa, otras se van a la montaña, y una vez, hace cinco años atrás, se fueron a conocer Grecia. A fin de cuentas, el trabajo en la ferretería resulta bastante provechoso y Charles, agradecido, recompensa a sus seres queridos devolviéndoles el tiempo que no pasa a menudo con ellos. Su mujer agradece ese gesto. Los Peterson saben que son muy afortunados.

Charles comenzó a trabajar en la ferretería cuando tenía trece años. El negocio era de su tío, el hermano de su madre, a quién le decía papá, ya que había sido él quien había cumplido ese rol en su vida. Después de que conoció a Grace, hace unos cuantos años atrás, después de trabajar ahí casi catorce años, su tío murió con cáncer y fue él quien heredó la ferretería. Es una buena entrada económica, le proporciona dinero suficiente como para mantener a su esposa y a sus dos hijos en un amplio departamento en uno de los barrios residenciales más bonitos de la ciudad. Es por eso que nunca dejará de estar agradecido con su tío, por eso y por todas las cosas que hizo por él mientras vivía. Hoy Charles se siente un poco aturdido. No ha dormido nada bien y no le ha gustado lo último que ha visto anoche antes de irse a casa. Está preocupado. Entra el primer cliente y deja sus cavilaciones a un lado para atenderlo. Es nuevo, nunca antes lo había visto. Tiene una figura esbelta y delgada, lleva bigote y tiene una piel bastante blanca, parece no ser del lugar.

—Buenos días, señor —lo saluda Charles.

—Buenos días. ¿Qué tal?

—Muy bien, señor, gracias. Dígame, ¿en qué lo puedo ayudar?

—Mire. Necesito unas cuantas herramientas. Una llave inglesa, un martillo, unos cuantos clavos y… creo que de momento eso es todo lo que llevaré.

—Cómo no. Déjeme buscar todo lo que necesita. — Charles busca todas las cosas que el señor le ha pedido, le parecen muy básicas. Le llama mucho la atención el hecho de que ese hombre tenga cierto parecido a su padre, lo cual no le gusta para nada. Trata de evadir ese pensamiento y conversar con aquel caballero que le parece de un trato muy amable. Encuentra todas las herramientas y se las entrega en una bolsa.

—Gracias —dice el hombre mirando fijamente a Charles —. Me gustaría saber su nombre. ¿Usted atiende aquí siempre?

—Sí, señor. Soy el dueño y mi nombre es Charles —se presenta extendiéndole la mano. El hombre imita el gesto y se estrechan ambas manos.

—Un gusto, Charles. Mi nombre es Logan. Soy nuevo en

esta ciudad y ando poniendo todo en orden en casa, así que usted me verá entrar aquí una y otra vez.

—¡Qué gusto conocerlo! Estaré aquí para todo lo que usted necesite —afirma Charles soltando la mano del hombre.

—Adiós, Charles. Que tenga un buen día.

—Adiós.

Logan sale de la ferretería y Charles se queda pensando en su fisionomía.

Le parece interesante encontrarse con un señor tan parecido a su padre físicamente, pero de un trato tan cordial. Su padre era un imbécil, no le gusta recordarlo. Mira hacia la calle y ve como los transeúntes van moviéndose de aquí para allá, concentrados en sus pasos, en la hora que marcan sus relojes y algunos en sus teléfonos móviles. Le parece que, de alguna forma, prefiere estar ahí solo, sin tener que correr hacia ningún lugar y sin tener que cumplir con ninguna otra tarea más que la de esperar clientes y atenderlos con el mejor humor que tiene. Siente que lleva una vida bastante cómoda.

Las mañanas suelen ser un poco vacías hasta las once, que es cuando comienzan a llegar más clientes y, entonces, la ferretería trabaja casi sin parar hasta las seis de la tarde. Charles prefiere tratar con las clientas porque suelen ser más amables, pero en general se siente cómodo hablando con todos los clientes. A pesar de ello, siempre termina agotado.

Durante la mañana, Grace limpia el departamento, prepara la comida del mediodía para ella y los niños, la cena para toda la familia y el almuerzo que al día siguiente su esposo se llevará al trabajo. Después se entretiene cocinando algún postre y aún después de eso tiene algo de tiempo para mirar una película o entretenerse charlando con el portero del edificio, que es un hombre muy amable y conversador. Los niños llegan a las dos de la tarde en el bus escolar y es entonces que se dedica a atenderlos. Primero les sirve el almuerzo y tiene que pelear un poco con Samantha para que termine todo lo que le pone en el plato, luego los ayuda a hacer tareas y después, cuando Charles llega cansado a casa, les sirve a todos la cena y comen en familia. Normalmente los chicos se van a la cama a las diez y media. Es entonces que, algunas noches, su padre se pone ropa deportiva y se va a correr por el malecón hasta altas horas de la madrugada. Grace no se preocupa mucho por eso, le parece que es una buena forma de aliviar la tensión.

Ya al anochecer, Charles llega a casa bastante agotado. Generalmente todas las tensiones del trabajo se esfuman después de que corre un poco, pero el día de hoy sigue abrumado por lo que vio la noche anterior. Se alegra al ver a su esposa y al notar que sus hijos ya han terminado los deberes escolares, pero está muy cansado, por lo que no dice una sola palabra durante la cena.

Mientras escucha a su familia conversar recuerda al nuevo cliente, Logan, quien le evocó a su padre. La memoria de su padre le perturba. Su mujer lo mira compasivamente pensando que tuvo un día muy difícil, él le acaricia la mano y luego de la cena se acuesta en la cama. Esta noche no irá a correr.

2

El barrio en el que viven ahora los Peterson, Blue Lake, es realmente encantador. Es verdad que es un poco desolado, pero es bastante limpio. Está emplazado muy cerca del lago de la ciudad y desde el edificio, en el que son propietarios, tienen una vista preciosa hacia el muelle. Las casas y los edificios están muy bien cuidados y, como es un barrio residencial, pocas veces se escuchan los ruidos molestos de automóviles pasando. La escuela y la ferretería se encuentran un poco lejos, pero vale la pena el viaje diario por la comodidad y el descanso que les otorga aquel exquisito departamento.

Los Peterson viven una vida bastante cómoda, a pesar del cansador trabajo que tiene Charles. Todos se llevan muy bien, incluso Chris, que es quien más problemas de comunicación y amabilidad tiene. La pequeña Samantha es cariñosa y dulce y el matrimonio tiene una convivencia armoniosa. Una vez, la hermana de Grace llegó de visita y le comentó que le parecía que Charles tenía una amante y que lo de ir a correr era una excusa, por lo que el hogar entró en tensión; pero pronto volió la confianza. Grace nunca más volvió a desconfiar de su marido, ya que ella sabe que las corridas nocturnas le sirven para despejar su mente. Además, le resulta bueno que él vaya, ya que cuando llega en la madrugada mete a la lavadora su ropa junto a las prendas de toda la familia. Así, a la mañana siguiente, ella solamente tiene que encargarse de planchar.

Charles, echado en su cama junto a Grace, cierra los ojos y se siente agradecido de poder mantener a su esposa y a sus hijos sin que les falte absolutamente nada. Si Samantha quiere comprarse una muñeca, puede comprarse una muñeca; si Chris tiene ganas de ir de campamento, el dinero no es problema; si Grace mira un vestido que le gusta tras un escaparate, puede comprárselo inmediatamente. Gracias a Dios pudo superar las desgracias de sus padres y salir adelante, por lo menos económicamente. Piensa en todo lo que él logró contrastándolo con los logros nulos de sus padres alcohólicos, y se da cuenta de que le gustaría muchísimo que sus hijos estudiaran una carrera universitaria, que viajaran al exterior y que se convirtieran en mejores personas de lo que él es. Abre los ojos para mirar a su esposa y la encuentra con los ojos abiertos, mirándolo.

—¿Cómo estuvo tu día, cariño? ¿Qué tal el trabajo en la ferretería? —pregunta ella con amor.

—Normal. Sin ninguna complicación, preciosa. —Le acaricia el rostro mientras le responde.

—Me gusta cuando tienes días poco pesados y te acuestas en la cama conmigo, al mismo tiempo. Es lindo charlar cuando los niños duermen y toda la casa está en silencio.

—A mí también me gusta estar contigo y charlar, preciosa. ¿Cómo estuvo tu día? ¿Estás cansada?

—No mucho. Hoy no le dieron tareas a Samantha y Chris fue a estudiar a la casa de uno de sus amigos. Fue un día bastante tranquilo. Samantha y yo fuimos al parque y luego compramos algo de fruta... ¿Sabes qué me contó la frutera? Lo que me dijo me dejó algo apenada.

—Cuéntame. ¿Qué te dijo, mi amor?

—La pobre Gloria está yendo al psiquiatra. ¡Pobrecita! Le afectó muchísimo la muerte de su esposo.

—¡Pobre mujer! Me da muchísima pena, sobre todo porque ese tipo era un hombre horrible y no era un buen marido.

—¿Por qué lo dices? —mira fijamente a su esposo, esperando una respuesta.

—¿Recuerdas cómo lo escuchábamos gritar sin parar? ¡Qué tipo más despreciable! Y lo que más odiaba de él era que engañaba a su mujer con una chica universitaria; lo vi entrar a la residencia para estudiantes, que está a unas cuadras, muchísimas veces.

—Tal vez, simplemente, iba a ayudar a alguno de los muchachos estudiantes, o a realizar...

—¡No! ¡Tenía una amante!

—¿Por qué lo dices? —le pregunta Grace en un tono un poco más serio.

—Yo lo sé, amor. Conozco a ese tipo de hombres. —Le acaricia el rostro. Ella se da la vuelta y se mete entre sus brazos para ser abrazada—. Además, es fácil darte cuenta cuándo tienes a un monstruo como vecino.

—Es una lástima... ¡Pobre Gloria! —dice entre bostezos Grace.

—¿Ya se mudó? —le pregunta Charles con un tono de preocupación.

—Sí... Pero la frutera me contó que suele venir hasta aquí para sentarse en el parque y mirar a los niños jugar. Seguramente ese lugar le trae buenos recuerdos, o simplemente se acostumbró a esta zona.

—¡Pobrecita!

Se quedan en silencio durante un par de minutos, hasta que Grace se voltea para mirar a su marido y retoma la conversación.

—Charles... ¿Tú crees que quizá alguien mató al hombre?

—¿Por qué lo preguntas?

—Es que realmente era un tipo muy horrible... —afirma y después se queda dubitativa—. Seguramente...

Grace se queda mirando fijamente a su marido, piensa en la película que miró en la mañana. A Charles no le gusta esa situación, no le gusta mucho hablar sobre Gloria y menos sobre Syd. Es entonces que la obliga a seguir hablando.

—¿Seguramente qué, mi amor?

—Seguramente aquella chica universitaria de la que hablas se sentía muy apenada por ser la otra... Me parece bastante posible que haya hecho algo para vengarse de ese hombre.

—No digas tonterías, mi amor. La policía encontró el cuerpo del tipo y se llegó a la conclusión de que había sido un accidente. De todas maneras, hermosa, es mejor no pensar en eso... —mira a Grace unos segundos y cambia bruscamente de tema—. Dime... ¿dónde te gustaría viajar este verano?

—Charles... Falta muchísimo para el verano. Recién ha empezado el semestre.

—Lo sé, amor. Pero tenemos ahorros suficientes como para ir a la China por una semana, así que tenemos que empezar a planear.

—¿Para ir hasta China?

—Sí.

—¿Los cuatro?

—No, solamente tú y yo, y seguramente acampando la mayoría de las noches en la intemperie.

—Charles… Me haces reír. —Grace lanza una risita tímida mientras habla, luego bosteza y vuelve a hablar en un tono más cansado—. Ya planearemos un viaje familiar.

Grace vuelve a bostezar después de decir lo último, se queda mirando a su marido con los ojos entrecerrados en silencio y Charles le acaricia el pelo hasta que ella se duerme. Mientras la mira conciliar el sueño vuelve a sus cavilaciones y recuerda al hombre que conoció hoy en la ferretería, Logan. ¡Lo notó bastante parecido a su padre! Le incomodó un poco tener que encontrarse con alguien con una fisionomía tan similar a la del hombre que le arruinó la infancia.

Cuando Charles era pequeño vivía en un barrio bastante pobre, en la misma ciudad, Wundot Hills, muy alejado de la hermosa orilla del lago. Las casitas pequeñas que lo poblaban quedaban construidas en ladrillo, sin pintar, y algunas ni siquiera tenían ventanas porque sus propietarios no tenían el dinero para terminar de construirlas. Había muchos bares alrededor y no eran bares decentes, sino lugares que frecuentaban exconvictos, ladrones, estafadores, prostitutas y gente de esa calaña. Sus padres no podían pagar un lugar mejor que ese. Charles y sus hermanos crecieron rodeados de maleantes y borrachos que les pedían dinero cuando volvían de la escuela a casa y que, varias veces, los amenazaron con matarlos si no les daban las pocas monedas que llevaban en los bolsillos. No le gusta recordar aquellos tiempos, fueron épocas bastante feas y tristes; pero, algunas noches, esos días vuelven a su memoria impidiéndole alcanzar el descanso nocturno.

Siendo el mayor de sus hermanos, Charles tenía que hacer

todo lo posible para lidiar, no solo con sus problemas, sino con los problemas de los demás. Aprendió a cocinar a muy temprana edad porque a veces su madre, perdida en sus lamentaciones y en la bebida, olvidaba hacerlo y él tenía que dar de comer a sus hermanitos pequeños. Algunas veces tuvo que robar para tener dinero suficiente para los cuadernos que le pedían en la escuela o para poder comprar algo de ropa. Se sintió muy mal las veces que lo hizo, pero no encontraba otra salida porque no había dinero suficiente en casa.

Hasta ahora no sabe muy bien de dónde sacaban sus padres el poco dinero que había en la casa para los gastos mínimos, porque ninguno de los dos tenía un trabajo estable. A veces a su madre la contrataban para que limpiara una casa o alguna tienda. Charles no tiene idea, hasta el día de hoy, de qué es lo que hacía su papá durante el día, pues nunca estaba en casa; siempre llegaba muy tarde en la noche, cuando todos sus hermanos ya dormían y él no podía conciliar el sueño. Llegaba borracho y algunas veces le lanzaba unos cuantos billetes en la cara a su esposa. Jamás pudo tener una conversación agradable con él, por lo que no pudo preguntarle qué era lo que realizaba para ganar esos pocos billetes.

El padre de Charles era alcohólico. Todas las noches llegaba borracho y alterado a casa, despertando a la familia entera para repartir golpes. La más dañada siempre era la madre, sobre todo en aquellas noches en que ella también se emborrachaba para olvidarse un poco de sus penas y su marido la encontraba balbuceando en el pasillo, o las noches en las que ella le reclamaba el dinero que faltaba en casa y él le lanzaba los billetes después de dejarla sangrando y golpeada en el piso, llorando de dolor y humillación.

Una noche el padre de Charles llegó a la casa muy borracho, junto a dos prostitutas. Se acuerda bien de las mujeres, eran de aquellas que no pueden verse bien sin maquillaje pero que se maquillan tanto que llegan al punto de ser vulgares. Una de ellas llevaba solamente un abrigo negro sobre su piel desnuda, tenía el cabello rojo y ondulado, y los ojos excesivamente pintados; la otra era rubia y tenía un vestido muy apretado que hacía resaltar las carnes que le colgaban del vientre. Ninguna de las dos le pareció una mujer, eran algo más parecido a payasos diabólicos, o seres despreciables de otra dimensión, seres extraños. Su padre le estaba tocando las tetas a la del abrigo negro cuando él bajó al recibidor, despertado por el escándalo que hacían con sus risas y jadeos. Al ser descubierto recibió muchísimos golpes de parte de su papá, los suficientes como para tener todo el cuerpo moreteado durante un par de semanas.

Su madre poseía un carácter mucho menos explosivo que el de su padre, pero la bebida la dominaba y tenía poquísimo interés por sus hijos. Casi siempre estaba en casa, desarreglada, con un salto de cama y fumando los cigarrillos más baratos que encontraba. Algunas noches, cuando la invadía la nostalgia y se echaba a llorar, se emborrachaba con licor de mala calidad hasta no poder pronunciar bien las palabras. Era muy denigrante mirarla así, sobre todo cuando estaba embarazada. Charles sentía vergüenza ajena y se daba cuenta, a pesar de ser un niño, de que aquello no estaba nada bien y que la gente no podía comportarse de esa manera.

La última hija que tuvo la madre de Charles, no fue de su esposo. Hasta ahora Charles no sabe quién fue el hombre que embarazó a su madre, pero apenas nació la criatura, su padre, con el juicio distorsionado por el exceso de alcohol, la asfixió con una bolsa plástica. La pequeña tenía dos días de nacida, aún no decidían su nombre, y entonces aquel hombre inescrupuloso entró gritando a la casa, la arrebató de los brazos de su madre y llamó a toda la familia para que presenciara el espectáculo. Les dijo que se lo merecía por ser producto de una infidelidad. Charles gritaba, pero se sentía impotente y no pudo hacer nada. Nunca pudo olvidarse de esa pequeña bebecita inocente e indefensa que fue asesinada cruelmente por un adulto borracho y furioso.

¡Qué días más horribles! Después de que la pequeña murió, su padre, arrepentido, no bebió durante tres días; se quedó llorando su propio error en casa, sin comer y sin dormir. La cuarta noche volvió a llegar ebrio a la casa y fue entonces que recibió, por primera vez, una patada de su hijo mayor, Charles, quien, en ese entonces, contaba con once años. El tipo entró a la habitación de su esposa, donde se encontraba el pequeño consolando a la mujer por la pérdida, y empezó a golpear la pared. El niño, sintiendo una furia inmensa, se lanzó a patear a su padre, quien se quedó totalmente impávido por la sorpresa. Después de ese día, la actitud de Charles en casa cambió muchísimo. Si su padre se sentaba en la mesa a comer, él se levantaba, si lo escuchaba entrar a casa, cerraba la puerta de su habitación, y ya no prestaba atención a sus reclamos ni a sus gritos en las madrugadas. ¡Estaba realmente cansado!

Una vez una de las vecinas trató de meterse en la casa para ayudar a la familia. Era una mujer viuda, llegando a la vejez, muy pobre, pero con un gran corazón. Vendía verduras en el mercado y lo que aquello le daba apenas le alcanzaba para sustentar su alimentación, pero cada vez que veía a un niño sin hogar lo llevaba con ella y le invitaba a un plato de comida. Judith, así se llamaba, entró una tarde con el pretexto de ofrecer unas plantas medicinales a un buen precio. Buscó conversaciones para distraer a la madre de la familia hasta que anocheciera, para ver si podía esperar al marido y detener las golpizas que escuchaba todas las noches desde su casa. Hablaron sobre los vecinos, sobre la boda de una de las muchachitas que trabajaba vendiendo carne, sobre los niños y cómo cuidarlos, y sobre algunas otras cosas. Charles notó las intenciones de la mujer y les dio de comer a sus hermanitos, además invitó un café a la mujer y un té a su madre. Tenía la esperanza de que su padre, al entrar borracho y ver a la mujer, tuviera, por lo menos, la decencia de irse a dormir sin gritar. Eso no sucedió. Llegó más furioso que de costumbre y se puso de peor humor cuando vio a Judith charlando con su esposa. Las golpeó a ambas. No volvieron a saber más de Judith después de esa noche.

Desde sus once años, Charles, tuvo que entrometerse en las peleas de sus padres. Llevaba mucha rabia acumulada, así que, a pesar de su debilidad física, lograba aplacar la ira de su padre después de haberle metido un par de puñetazos. Algunas veces esto solamente empeoraba la situación porque su padre, al verse ridiculizado por su propio hijo, se ponía mucho más furioso y no se detenía hasta ver sangre. No le importaba de quién fuera la sangre, simplemente quería verla. Muchas veces su madre terminaba inconsciente después de recibir tantos golpes, otras veces era uno de los hermanitos pequeños de Charles quien sufría las peores consecuencias. Una vez la más pequeña de las hijas fue a parar al hospital. Esa fue la gota que derramó el vaso para Charles.

Las cosas en la casa de Charles se salieron de control aquella vez, solamente podían empeorar y, cuando parecía que ya no iba a existir salida para aquella familia, el padre dejó este mundo, dejándolos huérfanos y a su esposa viuda. Es horrible alegrarse por la muerte de alguien porque eso solamente demuestra lo despreciable que ha sido esa persona, pero eso fue, lamentablemente, lo que le ocurrió a esta familia.

El hermano de la madre, Richard, se hizo cargo de todos ellos. Era un hombre muy trabajador y de buen corazón, acababa de abrir una ferretería cuando decidió cuidar de su hermana y de sus sobrinos. Los chicos comenzaron a llamarlo "papá", palabra que nunca habían usado con su progenitor, y es que Richard, además de darles techo y comida, les dio todo el cariño que les hacía falta.

Charles tenía trece años cuando esto ocurrió y, sin invitación alguna, se ofreció a ayudar a su tío en las tardes en la ferretería. Quería aprender un oficio de verdad para no terminar igual de miserable que sus padres. Él aceptó encantado y además le prometió pagarle un pequeño sueldo, que no era muy cuantioso, pero servía para cubrir algunos de los gustos normales de la adolescencia. Después de recibir su primer sueldo, Charles fue, por primera vez, al cine.

Parecía que las cosas tomaban un buen rumbo. Él, su madre y sus hermanos se trasladaron a la casa de su tío, quien vivía en un bonito barrio, menos lujoso que el que ahora habita, pero muy lindo, limpio y decente. No se oían gritos diarios en casa, no existían golpizas ni el constante temor de que alguien les haga daño a sus hermanos. Las cosas parecían ir bien, pero la psiquis de su madre comenzó a deteriorarse. Por un lado, se sentía bastante aturdida por la muerte de su esposo y, por otro lado, sus problemas con el alcohol crecían descontroladamente. Algunas veces se emborrachaba tanto que había que amarrarla para que no cometiera ninguna estupidez. Pocas semanas después de cumplir los quince años, cuando Charles llegó a casa después del trabajo en la ferretería, su hermana menor gritaba desesperada y sus otros hermanos corrían sin saber muy bien qué hacer. Entró a la cocina y encontró a su madre echada en el piso de espaldas, con el rostro morado, ahogada en su propio vómito. Trató de sentir su pulso, pero no lo encontró. Ella había dejado de existir por culpa de sus problemas con el alcohol.

Tanto en el funeral como en el entierro, los únicos presentes fueron los hijos de la mujer y su hermano, quien pagó todos los gastos. Después de aquel suceso las cosas se le hicieron un poco difusas y extrañas a Charles. Su tío no dejó de apoyarlo y le enseñó a administrar su dinero y cómo llevar la ferretería solo. Le dijo que, ya que él no tenía hijos y no pensaba tenerlos, sería Charles quien se quedaría con el negocio después de su muerte, pues era el mayor de sus sobrinos y el único que había aprendido el oficio de ventas en el lugar. Fueron años un poco duros, pero pasaron muy rápido porque entre el trabajo, la escuela y el cuidado de sus hermanos no había tiempo para pensar en nada más. Un día se dio cuenta de que había logrado todo lo que se había propuesto: había terminado sus estudios en la escuela, trabajaba al mismo ritmo que su tío en la ferretería, tenía unos cuantos ahorros y todos sus hermanos habían acabado sus estudios escolares. Pocos meses después de la graduación de su hermana menor, conoció a Grace.

Al fin la vida de Charles tenía algo de paz. Sus hermanos empezaban a trabajar, ninguno de ellos bebía y Grace era una muchacha encantadora. Con sus ahorros compró un pequeño departamento en el centro de la ciudad, cerca de la ferretería. Al irse de la casa de su tío le dio un abrazo muy fuerte y le agradeció por toda la ayuda que le había brindado. Su tío le dio un beso en la mejilla y le hizo prometer que iría de visita a la casa por lo menos una vez a la semana. Charles cumplió esa promesa hasta que aquel buen hombre falleció a causa de un cáncer en el cerebro.

A Grace la conoció en la ferretería cuando tenía veintiséis años. Ella fue a comprar algunas cosas que su padre le había pedido, y él, que estaba de muy buen humor aquel día, se animó a preguntarle su nombre y pedirle su número telefónico. Dos semanas después fueron a cenar. Charles se enamoró perdidamente aquella noche. Charlaron de muchas cosas y notaron que tenían ideas muy parecidas acerca de lo que es la felicidad. Ella venía de una familia de clase media con un modelo bastante convencional, su padre trabajaba mientras su madre se dedicaba a la limpieza y el orden de la casa. No tenían grandes lujos, pero les alcanzaba para vivir tranquilos, y eso, a los ojos de la hija menor, Grace, era realmente una bendición, lo que podría llamarse la verdadera felicidad. Si bien Charles no había tenido una familia así ni había conocido esa sensación de estabilidad, era precisamente eso lo que buscaba para su futuro.

Salieron durante dos años en los que Charles conoció a la familia de Grace y la apoyó cuando a su madre la atacó el cáncer, dos años en los que Grace conoció a su tío y en los que lo apoyó dándole fuerzas para sobrellevar el fallecimiento de aquel hombre al que consideraba su padre. Se contaron grandes secretos, grandes sueños, se dedicaron canciones, se escribieron poemas y, seis meses antes de cumplir los tres años como novios, decidieron casarse. Lo que nunca le contó él a ella fue la verdad sobre su infancia, de hecho, nunca la mencionó. Tuvo algunos otros secretos más, como las razones por las que su padre murió, o cómo se dio la muerte de su madre. Jamás habló de otros familiares, y Grace, discreta, no preguntaba. Las cosas que nunca le contó a su esposa se las guardó porque le causaban malestar y prefería no recordarlas. Vivir con padres alcohólicos no es algo de lo que alguien pueda sentirse orgulloso ni feliz. Si le hubiera contado sobre aquellas heridas tal vez hubiera podido curarlas y evitar los problemas que luego tendría que enfrentar.

∽

Grace no sospecha absolutamente nada aún, vive convencida de tener una vida de ensueño junto al mejor hombre del mundo y cree que él no tiene secretos para ella. No sabe nada sobre esa parte oscura que él no quiere contarle. Ella confía plenamente en él y no tiene idea de todos los pensamientos oscuros que acongojan a su marido y lo llevan a cometer ciertas locuras. Él ahora piensa en lo que hizo la noche anterior, piensa en cómo, cuando llegó a casa, vio a su hermosa esposa dormida y se echó a llorar cubriéndose el rostro por todas las cosas que le esconde y que no puede contarle. A estos pensamientos que lo angustian se suman los recuerdos de su padre. A veces se da un poco de asco, guardar tan temibles secretos a su familia, pero luego se ve feliz junto a ellos y prefiere evitar esos pensamientos oscuros.

¿Sospechará ella algo? Las salidas nocturnas a correr no son algo que sea totalmente común. La gente normal sale temprano en la mañana a correr, aunque él podría tener la excusa de que a esas horas debe prepararse para llevar a los niños a la escuela y luego ir a trabajar a la ferretería, pero ni siquiera a él le suena del todo convincente. Se lava la cara y, al mirarse al espejo, se siente miserable. ¿Qué pensará su esposa de aquellas salidas hasta tan altas horas de la noche? Recuerda que hace poco más de un año llegó Sharon, la hermana mayor de Grace, de visita y las cosas se pusieron un poco tensas. Grace confía completamente en él, pero a su hermana mayor no le gustó para nada la idea de que el marido de su hermanita saliera hasta tan tarde para realizar una actividad que podía hacer mucho más temprano. Una mañana se ofreció para acompañar a sus sobrinos a la escuela y se subió al auto. Charles estaba nervioso porque sabía cuáles eran sus verdaderas intenciones. Después de que dejaron a los chicos, Sharon empezó con el interrogatorio.

—Dime, Charles, ¿qué le escondes a mi hermana?

Su voz, por naturaleza gruesa, se había puesto mucho más gruesa e imponente.

—No le escondo nada. ¿Por qué lo preguntas, Sharon?

—A mí no me mientas. ¡Yo sé que tienes otra mujer!

—No sé de qué me estás hablando. Grace es la única mujer en mi vida, no tengo ojos para nadie más.

—No estoy tan segura de eso, Charles. ¿Por qué sales a correr en las noches? ¿No puedes despertar más temprano? ¿Y por qué no lo haces todos los días? ¿Te das cuenta de que no ganas nada haciendo ejercicio si no tienes cierta constancia?

—No lo hago tanto como una rutina, sino como un...

—¡Deja de mentir, Charles! Conozco a los hombres como tú. ¡Son unos cerdos! Mi exmarido salía en las noches, supuestamente para reunirse con sus amigos de la universidad. Yo le creía todo, como una tonta. Poco a poco, las salidas comenzaron a hacerse más frecuentes hasta que una noche, cuando él me negó acompañarlo, lo seguí. El desgraciado se estaba tirando a otra, a una niña estúpida que apenas pasaba los veinte años pero que tenía una figura mucho más cuidada que la mía. ¿Te imaginas cómo me sentí? ¡Conozco a ese tipo de cerdos, Charles! ¡No me obligues a seguirte y confiesa de una vez!

Charles comenzó a sentir rabia. La cara se le puso muy roja y tuvo que apretar con fuerza el manubrio del auto para no explotar y comenzar una pelea. Tuvo que responderle a su cuñada para que no sospechara estupideces.

—Yo amo a tu hermana, Sharon... No le haría algo tan horrible.

—Te estaré vigilando. Le dije a Grace que iría a hacer algunas compras por el centro, pero en realidad me quedaré contigo en la ferretería todo el día.

—Está bien, hazlo.

Todo ese día se lo pasó con su cuñada en la ferretería. Se

portó amable y le compró un almuerzo extra. La mujer no tuvo más opciones que dejar de comentar sus sospechas y quedarse tranquila. Charles no salió a correr hasta que Sharon abandonó la ciudad.

Charles sueña con el hombre que entró a la ferretería, Logan.

3

A LA MAÑANA SIGUIENTE, la familia Peterson vuelve a su rutina de todos los días. Charles se siente mucho más descansado que el día de ayer y se lo ve sonriente. Cuando entra a la habitación de Samantha para levantarla de la cama la encuentra despierta y entonces juega un rato con ella haciéndole cosquillas, ella se muere de la risa y eso llena de alegría aquel hogar. Chris ya está despierto cuando su padre entra a la habitación y, en vez de ser el adolescente callado que es todos los días, charla un rato con su papá contándole que ha soñado que entraba a un gran equipo de futbol, y que, gracias a su sueño, ha decidido practicar ese deporte este semestre. Todos se sientan en la mesa muy contentos, Grace canta mientras les sirve el desayuno.

—Charles... Hoy conocí a los nuevos vecinos. ¡Qué gente más amable! —deja de cantar para iniciar una conversación.

—¿A qué hora, preciosa? Es bastante temprano todavía —le responde él, mirando el reloj de pared de la cocina.

—Cuando fui a comprar café... Los dos salían. Me dijeron que iban a pasear un poco para conocer la ciudad, ya que cuando empiecen sus trabajos no tendrán tiempo de hacerlo.

—¿Tienen hijos? —pregunta Chris.

—Claro que no tienen hijos, tonto. Los hubiéramos visto —le dice su hermanita.

—Samantha, no trates así a tu hermano —la regaña su padre. Luego los tres miran a Grace esperando una respuesta.

—No sé. No les pregunté eso todavía y no vi que estuvieran acompañados de niños.

—¿De qué charlaron? —pregunta Charles con una sonrisa en la cara mientras remueve su café. Es un buen día y, con la llegada de esos nuevos vecinos, al fin se fueron todas las cosas que le recordaban a Syd, el horrible marido de Gloria.

—Me contaron sobre Gloria. Pues resulta que la mujer del matrimonio... ¿Cómo era su nombre? Sí, ya me acordé. María, la mujer del matrimonio, es hermana de Gloria. Es una persona adorable...

La sonrisa de Charles se borra inmediatamente y comienza a remover el café con cierta languidez. Baja la cabeza y se queda mirando la mesa, mientras tanto su esposa sigue con el relato sobre los nuevos vecinos.

—No se parece mucho a Gloria físicamente, pero tiene una voz idéntica. Es cardióloga y su marido es policía.

—¿Es policía? ¡Qué genial! —interrumpe Chris.

—Así es, hijito. Pero no podrás interrogarlo a tu gusto, ni pedirle que te lleve a trabajar con él. No creo que sea de su agrado... —afirma Grace mirando fijamente a su hijo.

—¿Cómo sabías que...?

—Porque te conozco, Chris. Eres bastante curioso e insistente con las cosas que te interesan, por lo menos espera a que lo conozcamos mejor para que charles con él, por favor.

Ella se queda mirando a su hijo mientras él sonríe.

—¿Cuál es el nombre del esposo? —pregunta Charles, interrumpiendo la conversación de madre e hijo.

—Deja que me acuerde, cariño… Era algo así como… como… Empezaba con la letra ele…

—Mamá, tienes muy mala memoria —le dice Samantha. Mientras tanto Charles mira de reojo a su familia y se queda con la cabeza abajo. Cambia de tema.

—Chris… Cuéntame mejor de tu sueño.

—Está bien. Fue un poco raro…

—No importa. Cuéntame.

—Bueno. Yo ya era un adulto y jugaba muy bien futbol. Era realmente emocionante y divertido. De pronto, conocía a los mejores del mundo, y me llevaban a jugar varios partidos. Viajábamos por todos los países que existen. Aunque no recuerdo todos…

—¿No recuerdas todo el sueño? —pregunta su madre con dulzura. Lo ha estado escuchando atentamente y se siente muy contenta de que Chris, finalmente, se comunique con ellos.

—No recuerdo todos los países. Íbamos a Londres. De eso me acuerdo bastante bien. También pasábamos por Egipto y veíamos las pirámides desde el avión.

—Es fantástico, hijo —asegura Charles—, pero ya se va haciendo tarde. ¿Qué te parece si me lo cuentas mejor en el auto y se lo cuentas a tu madre cuando llegues a casa después de la escuela?

—Está bien. Vamos.

Todos se despiden de Grace, incluso Chris, quien le da un beso sonoro en la mejilla. Después se van al auto para cumplir con sus respectivas obligaciones.

En el auto, Chris charla con su hermana menor. Las cosas están un poco raras y Charles se da cuenta. Prefiere no meterse en la charla porque se da cuenta de que sus hijos, por fin, se están comunicando amablemente. Hablan de futbol. Al parecer a Chris le gusta bastante aquel deporte desde hace tiempo, aunque nunca antes lo había mencionado, y sabe un montón. La pequeña Samantha escucha con mucha atención a su hermano y le pregunta sobre algunas cosas que ella escuchó en la escuela de boca de sus compañeros. Casi en ningún momento le dirigen la palabra a su padre. Él se alegra porque sus hijos están teniendo una buena charla.

Después de dejar a Samantha y a Chris en la escuela se va a la ferretería, no tiene apuro el día de hoy. El silencio que han dejado sus hijos lo deja reflexionar en paz. Está muy dubitativo y taciturno, los ruidos de afuera lo molestan un poco. Cuando llega a la ferretería se alegra de que ningún cliente entre inmediatamente para molestarlo e interrumpir sus cavilaciones. Necesita estar a solas un buen rato.

Grace, mientras tanto, termina de realizar sus labores domésticas y el día de hoy no le apetece ver una película, por lo que se va al parque para pasear un poco. Antes de salir de su hogar se mira al espejo y se ve como una ama de casa, así que decide cambiarse de ropa. Saca un vestido celeste, que le sienta muy bien. Es un bonito vestido de verano que le regaló su hermana la última vez que llegó de visita, la vez que amenazó a Charles con vigilarlo. Grace se acuerda de esos días mientras se pone la prenda de vestir y le da un poco de gracia recordar a su hermana atando los cabos de una historia fabricada por ella misma. Después de cambiarse se maquilla un poco y se peina. Sale muy bien arreglada, pero sin perder la sencillez que la caracteriza, y se va hacia el parque.

El día está bastante bonito. El invierno se está acabando mostrando sus ya coloreados tonos y dejando a los árboles volver a crecer lentamente. No hace mucho frío, la temperatura no es lo suficientemente baja como para que ella se sienta desprotegida con ese bonito vestido. De hecho, se siente muy a gusto. El cielo está celeste y limpio, sin ninguna nube que tape el sol. Grace camina por las calles del vecindario alegremente y de pronto se encuentra con la frutera que, al parecer, está muy apurada en su andar. La saluda y ella se va corriendo devolviendo amablemente el saludo. Grace sigue su camino al parque. Cuando llega a su destino se encuentra a Gloria sentada en una banca del parque. Viste un abrigo rojo, tacones, tiene el cabello un poco desordenado y parece no haberse maquillado, tiene un cigarrillo en la boca. Muestra una expresión en el rostro de calma y serenidad, aunque se nota que sus manos tiemblan un poco.

—¡Gloria! ¿Cómo estás? —la saluda mientras se le acerca. No le sorprende verla ahí.

—¡Grace! ¡Qué sorpresa! ¿Qué haces aquí? —pregunta Gloria mirándola con algo de tristeza.

—Decidí salir un rato. A veces me canso de estar en casa.

—Te entiendo. Ahora yo vivo un poco lejos, pero… —la expresión de la mujer cambia y puede notarse en sus ojos cierta tristeza; su voz se apaga. Grace le pone una mano sobre el hombro.

—¿Estás bien, Gloria?

—Sí. Solamente necesito distraerme. Es difícil cambiarse de domicilio.

—Sé que es así, querida… ¿No quieres ir a tomar un café? Necesitas distraerte un poco. ¡Yo invito! —la invita Grace. Se siente un poco culpable por no haber sido amiga de Gloria antes. Seguramente ha pasado momentos muy difíciles y ha tenido que atravesarlos sola.

—Me encantaría, Grace —afirma Gloria mirando el suelo—. Pero… ¿Sabes? Necesito charlar con alguien… Es difícil encontrar amigos nuevos. No hay peros que valgan. ¡Vamos! Gracias, Grace. Por todo lo que hiciste por mí y por…

—Vamos. La pasaremos bien —le dice Grace, evitando que Gloria comience a sentirse mal.

Gloria se pone de pie y sigue a su antigua vecina por las callecitas angostas que van del parque a las cafeterías del vecindario. Llegan a La rose, que es un café muy bonito y poco visitado a esas horas. Se sientan en una mesa del segundo piso que da hacia la ventana y desde la cual se tiene vista hacia la calle. Gloria saca del bolsillo de su abrigo unos cigarrillos, se pone uno en la boca y le ofrece uno a Grace, que duda unos segundos si tomarlo o no hasta que se decide por hacerlo. Gloria saca un encendedor, enciende su cigarrillo y el de su amiga, e inhala con algo de nerviosismo.

—¿Cómo has estado, Grace? —pregunta sin mucho interés.

—Bien. Haciendo las cosas de todos los días, ya sabes… ¿Cómo has estado tú? Hace un buen tiempo que no hablamos.

—Es verdad. Desde la noche siguiente a la del fallecimiento…

—De verdad, lo siento… No quisiera recordártelo.

—No importa. Ya me voy acostumbrando, Grace. Te agradezco muchísimo por haber dejado que me quedara en tu departamento después de lo que ocurrió. No hubiera podido lidiar con la noticia esa misma noche si me quedaba ahí —le dice mirándola a los ojos. Grace espera que siga hablando, pues, notoriamente, quiere seguir haciéndolo—. ¿Sabes algo? Lo que de verdad me molesta, y esto te lo confieso solamente a ti porque no tengo más amigas en el mundo, es que me he quedado completamente vacía.

Grace mira a Gloria con algo de lástima. Nunca la consideró su amiga, siempre había sido simplemente la mujer que vivía en frente y con quien, de vez en cuando, mantenían charlas; pero no su amiga. Es verdad que los

Peterson fueron solidarios con ella la noche siguiente a la de la muerte de Syd, su esposo; pero fue un acto de caridad, no una muestra de amistad. Al parecer ella está tan sola y desesperada que ve a quien fuera solo su vecina como una "amiga" y eso es realmente triste. Es decir, si la considerara como a una amiga más no habría problema, pero le dio a entender que es "su única amiga en el mundo", lo cual es terrible.

—¿Vacía? No te entiendo —pregunta tratando de olvidar la lástima que siente por ella.

—Yo tenía sueños, tenía más amigos, tenía una vida antes de él. Luego todo se esfumó. ¿Sabes? Fue terrible. Mi única intención era ser una buena esposa. Y ahora... ahora...

—¿Qué sucede? ¿Perdiste tu trabajo, Gloria?

—No... no es eso... Es todo lo que perdí antes. Mientras él... Mientras él... Grace, el tipo se estaba tirando a otra.

—Lo siento... Charles me lo dijo, pero no le creí... — Grace baja la cabeza y habla sin mirar a ningún otro lado más que a su taza. Gloria cambia de nuevo su expresión. abre mucho los ojos y mira fijamente a su interlocutora.

—¿Charles lo sabía? ¿Conocía a la chica? —pregunta sin obtener respuesta—. No puedo creerlo, Grace. ¿Por qué? ¿Por qué no me dijeron antes?

Se hace un silencio incómodo.

La mesera llega, para suerte de Grace, y les pide su orden. Cada una se pide un *cappuccino*. Gloria derrama unas cuantas lágrimas, se la ve realmente demacrada. Las dos terminan sus cigarrillos, Gloria saca otro y le ofrece uno a Grace, pero ella, esta vez, no acepta. Fuma.

—¿Sabes algo, Gloria? —dice Grace muy decidida—. Eso ya terminó. No imagino lo que sientes, pero debes seguir adelante.

—Me cuesta muchísimo. Es difícil. Estos días no he

podido ir a trabajar siquiera. Por suerte mi jefe es un tipo comprensivo, pero…

—Pero tienes que salir de este estado y comenzar a hacer las cosas por ti misma.

—Tienes razón… —afirma y se queda un rato en silencio. Luego abre los ojos y mira fijamente a Grace—. Estoy segura de que mataron a mi marido, Grace—

Grace abre los ojos y recuerda la película que vio la mañana anterior. Le parece, además, un poco extraño que su vecina confiese así, sin más, las cosas. Ni siquiera estaban hablando del tema. Le contesta por cortesía.

—La policía dijo que…

—Lo sé. Pero no tiene sentido eso del accidente. Hay cosas que no… que no cuajan, ¿me entiendes? Puedes creer que estoy loca, pero, esa noche en la que murió, sentí algo raro cuando lo vi salir. No raro como siempre, como cuando me engañaba con la chiquilla esa; sino raro como si… como si él supiera que todo iba a terminar esa misma noche.

—Gloria. No te tortures con eso. Sabes que ya pasó. No vale la pena.

—¡Es tan extraño! ¡Todo es muy raro! Me siento mal por no haberlo amado los últimos días, me siento mal por haber sido engañada, me siento mal por creer que alguien lo ha matado y no entender las razones por las que alguien lo mataría. Me siento como una loca. ¿Me entiendes?

—Te entiendo. Quizá no sepa por lo que estás pasando, pero entiendo tu sentir.

—¿Charles…?

—No creo que él me engañe. No lo sé. A veces creo que es posible, pero luego veo lo amoroso que es y dejo de creerlo.

Gloria se pone un poco incomoda. Comienza a evadir las miradas de Grace y fuma con más rapidez. Se miran en silencio. La mesera llega con los dos *capuccinos* y les pregunta a las

31

mujeres si se les ofrece algo más. Las dos niegan con la cabeza y agradecen al mismo tiempo, la mesera las deja conversar.

—Conocí a tu hermana esta mañana —dice Grace para romper el silencio.

—¿A María?

—Sí. Es realmente agradable. Me recuerda algo a ti. Nos llevamos muy bien —afirma. Después recuerda la pregunta que sus hijos le hicieron—. ¿Ella y su esposo tienen hijos?

—Tienen una hija pequeña, Kate; tiene ocho años.

—Igual que mi Samantha. ¡Qué buena noticia! Podrían ser amigas y llevarse muy bien.

—Sí. Kate es una dulzura.

—Es bueno saberlo —dice Grace. Luego recuerda la razón por la que invitó a Gloria a tomarse un café—. Volviendo a tus asuntos, y perdón que me entrometa, pero creo que tienes que volver a trabajar, enfocarte. Tienes que salir de tus propios pensamientos, porque no te hacen bien. Sé fuerte.

—Gracias por invitarme a tomar un café. Es realmente agradable charlar contigo. En el trabajo creen que estoy loca.

—¿Por qué?

—Porque me cuesta mucho mantener la calma y hay momentos en los que no aguanto y comienzo a perder la razón.

Gloria saca un tercer cigarrillo, le ofrece otro a Grace y ella, esta vez, acepta sin ningún problema. Las dos charlan durante un par de horas. Gloria le cuenta sobre todos los pensamientos que la aquejan y ella, pacientemente, la escucha y le da consejos para que se sienta mejor. Al despedirse en la puerta del café cada una se va por su lado.

~

Charles, a varios kilómetros del café La rose, devora, antes de tiempo, su almuerzo. Está realmente nervioso y no le hace nada bien estar sentado y solo. Hoy es un día un poco vacío en la ferretería, lo cual es normal porque es viernes. Pero justo el día de hoy le hace mucho daño pasar tanto rato sin compañía. Las primeras horas de trabajo le resultaron reparadoras para conversar consigo mismo y despejarse de muchos malos recuerdos; pero después de las once comenzó a desesperarse. Ahora no puede evitar pensar en la nueva familia que vivirá frente a ellos. Ojalá que el marido no fuera como el abusón de Syd. No le parece prudente el hecho de que Gloria le dé el departamento a su hermana, ya que cuando la visite volverán los malos recuerdos. Le incomoda bastante la idea de lidiar con parientes de Syd, aunque estos no sean sanguíneos.

Durante estas horas ha estado recordando al horrible marido de Gloria y las ganas que tenía de partirle la cara cada vez que lo escuchaba gritar. Ese tipo se tenía muy bien merecida su muerte y no se siente nada culpable al pensar así las cosas. ¡El tipo era despreciable! Varias mañanas, muy temprano, escuchaba la puerta de enfrente abrirse y luego se oían los pasos del hombre aquel. Raras veces Gloria protestaba, porque cada vez que se animaba a hacerlo empezaban los gritos más fuertes de parte del marido y luego se oían golpes que acababan varios minutos después. Grace tenía que subir el volumen de la música en la sala para que sus hijos no escucharan todo ese ruido. Charles solamente podía visualizar a su propio padre en esos momentos y se llenaba de una ira profunda.

Recién a la una de la tarde se da cuenta de que ya se ha comido su almuerzo y tendrá que esperar hasta la cena, varias horas más tarde, para volver a tener algo en el estómago. No le gusta estar sentado tanto tiempo cuando se pone nervioso. Ahora mismo siente que sus piernas tiemblan y que necesita hacer algo con sus manos. Saca unas cuantas herramientas y empieza a arreglar cosas que no necesitan realmente reparación pero que, de momento, le servirán para distraerse. Pasan unos cuantos minutos y vuelve a incomodarse, es entonces que saca su diario personal y comienza a escribir en él.

"19 de enero

Mi padre era un tipo muy horrible. Me sentía tan desgraciado cuando… No me siento nada cómodo al recordarlo. ¿Y si le contara a Grace todo? ¡No es una buena idea! Ella estaría muy decepcionada de mí, incluso podría poner en riesgo mi matrimonio y eso no es algo que yo tenga intenciones de hacer. Pero si se enterara sola… Quizá comenzaría a hacerme preguntas y me reclamaría el hecho de que no se lo haya contado.

Pensar en Syd, el vecino fallecido hace poco, me recuerda a mi padre. Quizá es por eso que todos estos pensamientos rondan en mi cabeza. Tengo que evitar pensar en ese tipo y en cómo maltrataba a su mujer, pero se me hará difícil ahora que su cuñada se ha mudado frente a la casa. Ojalá nunca toquemos el tema de Syd."

Deja el diario a un lado y se siente un poco más calmado después de haber escrito las cosas que necesitaba decir. Es difícil tener tantos secretos y sentirse incapaz de compartirlos con otra persona, sobre todo si uno ama y se siente amado.

Charles siente que no tiene absolutamente a nadie. Después de la muerte de su tío dejó de hablar con sus hermanos, según él para dejarlos crecer y para no hacerlos volver una y otra vez al pasado; dejó de hablar con el único que conocía sus secretos, su tío; y trató de llevar una vida nueva ignorando sus heridas. Lamentablemente, no es tan fácil deshacerse de heridas pasadas y tan profundas.

En medio de todas sus cavilaciones entra una mujer muy bonita. Al fin un cliente, piensa Charles.

—Buenos días, Charles.

—Hola, ¿cómo estás? —la saluda él. Se conocen porque

ella es una clienta asidua al lugar, ya que su hermano, con quien vive, es arquitecto y siempre lo colabora.

—Muy bien. Quiero llevarme veinte duchas. ¿Las tienes en este momento o vuelvo más tarde?

—¡Veinte! ¡Sí! Las tengo. Te llevarás toda mi reserva —dice Charles sonriendo—. Déjame buscarlas —afirma. Mientras las busca, conversan sobre cosas cotidianas.

Charlan un momento y la conversación es amena y agradable. Charles se olvida, por un rato, de sus oscuros pensamientos para darle la atención debida a la mujer. Ella le cuenta sobre los nuevos proyectos de su hermano y de los planes que ella tiene de casarse con su novio, con quien sale hace más de dos años. Él asiente amablemente, le da algunos consejos sobre la convivencia entre parejas y la escucha con bastante curiosidad mientras ella le cuenta sobre su vida. Después de que la mujer se va, Charles mira su reloj y se da cuenta de que han hablado por media hora.

Trata de distraerse pensando en todas las cosas que conversaron, pero rápidamente su mente se va a otra parte. Vuelve a pensar en su padre y en los ataques de impotencia que sufre cada vez que lo recuerda. Saca su diario y lo revisa para desfogarse.

"17 de enero

Realmente ya no puedo más con la situación, voy a tener que tomar cartas en el asunto. Es muy molesto. Espero que Dios me acompañe y me otorgue discernimiento… No quiero más demonios en mi vida."

Se acuerda de lo que hizo después de escribir esa entrada en su diario y siente un poco de náuseas. Entra un cliente. Es un niño de poco más de doce años.

—Buenas tardes, señor. Mi papá me manda a comprar una pistola grande de silicona.

—Claro. Déjame buscarla. —Charles busca en la ferretería, pero sus pensamientos lo tienen algo distraído y dubitativo.

—Señor, creo que la veo desde aquí. Está hacia su izquierda —le dice el niño, que nota que Charles está un poco perdido.

—Tienes razón, pequeño. Gracias. —Charles alcanza el producto que está buscando y se lo da. Sigue un poco nervioso.

—¿Cuánto le debo?... Aquí mismo está el precio, disculpe señor.

—No te disculpes.

El pequeño paga y Charles guarda el billete sin mirarlo. Se siente aliviado de que el cliente se vaya. Pero el pequeño se queda mirándolo.

—Señor… Me debe mi cambio.

—Perdón, perdón.

Mira el precio en la etiqueta que lleva la pistola, mira el billete que el niño le dio y le da las monedas que corresponden.

—Hasta luego, señor.

—Adiós, pequeño. Gracias por tu compra.

Charles se siente muy aturdido, no sabe realmente qué es lo que está haciendo. Toma su diario de nuevo y busca la entrada que escribió después de la muerte del marido de Gloria.

"28 de diciembre

Las fiestas fueron muy lindas. A Samantha le gustaron sus regalos, sonrió muchísimo y nos abrazó. Chris es menos expresivo que su hermana, espero que haya disfrutado las cosas que le regalamos. Es un chico difícil, pero tiene un buen corazón.

Después de las fiestas sucedió…

Él ha muerto ya. No podrá molestar más a su esposa. Ella es una mujer bastante cariñosa y amable; no es muy linda, pero es encantadora.

A pesar de todos los maltratos de Syd ella lloró por él y se vistió de luto. Es una dama.

¡Que ese desgraciado se pudra en el infierno que lo espera! Los vecinos han llorado su muerte, aunque creo que en realidad lo hicieron más por un compromiso social; nadie lloraría por esa larva asquerosa. Al parecer fue un accidente. Él estaba en su lancha y cayó al lago, sobre las rocas. Una roca puntiaguda se le metió por el pecho y cortó su corazón. El cadáver tenía una expresión de horror. Dios sabe lo que merece cada hombre."

Los pensamientos respecto a Syd y su parecido a su padre comienzan a dar vueltas alrededor de su cabeza. Su corazón comienza a latir con más rapidez y las náuseas que está sintiendo desde hace un rato se hacen incontenibles. Va al baño y vomita, no aguanta más. Mientras su cuerpo se estremece con cada arcada piensa en ese horrible hombre, piensa en su padre también, piensa en las prostitutas que una vez vio en su propia casa y en la tonta muchacha que frecuentaba su vecino fallecido, Syd. La vio un par de veces. No era nada bonita, pero sí era muy atractiva. ¡Pobre tonta!

Cuando sale del baño ve a Logan entrar.

—¿Cómo estás, vecino?

—Logan. ¿Cómo te va? —pregunta sin terminar de escuchar el saludo que este le brindó.

—¡Muy bien! En especial ahora que sé que tú eres el hombre que vive frente a mi casa. Conocí a tu esposa, es encantadora.

—¿Tú eres el cuñado de Gloria? —pregunta asombrado.

—Sí. Soy yo. ¿Por qué esa cara de fantasma? ¿Te encuentras bien?

En ese preciso momento Charles vuelve a indisponerse y corre al baño para volver a vomitar. Logan lo espera tras el mostrador. Cuando su nuevo vecino sale, se muestra muy comprensivo, amable y preocupado.

—Charles. ¿Qué pasó, hombre? ¿Qué comiste?

—No sé muy bien. Seguramente alguna cosa que…

—No te preocupes. ¿Necesitas que te traiga algo? ¿Algún remedio para el estómago? ¿Una sopa de pollo?

—No te preocupes, Logan. Vivimos lejos…

—Hombre, tienes que cuidar ese estómago. Iré a la farmacia por medicamentos, pero luego deberás comer algo que te haga sentir mejor. No te preocupes. Solamente vine a saludar. La próxima semana recién empiezo a trabajar así que no tengo ningún apuro. Espérame aquí, hombre.

—¿A dónde más podría ir? —dice Charles sonriendo un poco.

—Tienes razón, Charles. Ya vuelvo.

Charles se marea y pierde el conocimiento antes de que Logan salga de la ferretería. Él se dirige a ayudarlo y todo se vuelve borroso para el señor Peterson.

4

DESPUÉS DE LA muerte del marido de Gloria, María se sintió muy triste por su hermana y la invitó a pasar unos días con ella. Gloria viajó a la pequeña ciudad de Cheverdale para pasar un tiempo con los Clarks, pero luego de unos días se sintió muy triste y tuvo muchas ganas de volver a su ciudad, Wundot Hills. Cuando regresó y entró a su departamento en Blue Lake se dio cuenta de que no era del todo conveniente quedarse ahí porque le traía demasiados recuerdos. Ni siquiera llegó a deshacer sus maletas y llamó a María para contarle su angustia. Fue entonces que, para no perder aquel hermoso departamento, el esposo de María, Logan, averiguó en su trabajo si podía ser transferido de ciudad. Cuando obtuvo una respuesta afirmativa, se dispusieron a hacer los cambios: Gloria se trasladaría a un vecindario cercano dentro de la misma ciudad, y María y su familia se irían a vivir al departamento en el que habían vivido Gloria y Syd antes. A fin de cuentas, ninguno de los dos sentía mucho apego por aquel tipo y les resultaba absolutamente normal y cómodo ocupar aquel nuevo hogar.

A Logan Clarks le resultó bastante emocionante el traslado porque en la policía no solo lo transfirieron de ciudad, sino que lo cambiaron de división; ahora trabajaría en el lugar que siempre le había llamado la atención, estaría en "homicidios". Además, le pareció muy encantador el paisaje de Wundot Hills, en especial por la tranquilidad del barrio en el que viviría y por la hermosa vista de la ventana del *living* de su nuevo departamento. Se imaginó a sí mismo bebiendo un whisky junto a sus nuevas amistades el fin de semana, mirando por la ventana el lago y disfrutando pacíficamente de la claridad del agua. En cuanto a sus amigos, no se hizo muchos problemas porque siempre, desde la infancia, se había caracterizado por ser muy amigable y bonachón. No tardaría en encontrar gente con quien compartir y podría seguir visitando de vez en cuando a sus viejos amigos y a las personas con las que pasaba su tiempo libre en Cheverdale. El cambio le sentaría de maravilla.

La pequeña Kate ni siquiera se dio cuenta de que se trasladaba de ciudad. Cada vez que empacaba sus cosas repetía que se iría de vacaciones. Así se los había dicho a sus compañeros de la escuela, a su maestra y a la mujer que llevaba leche fresca los fines de semana hasta la puerta de su casa. Estaba feliz de poder conocer el hogar de su tía. Obviamente nadie le contó absolutamente nada sobre la muerte del marido de Gloria. En fin, no era algo realmente importante en su vida, ya que ella había conocido a Syd cuando tenía apenas unos pocos meses y no lo había vuelto a ver. No se acordaba tampoco de que la hermana de su madre estaba casada. Cuando llegaron a la ciudad y la pequeña pudo ver con sus propios ojos el lugar en el que viviría, aunque ella todavía no lo comprendiera así, se sintió muy feliz; le pareció magnífico.

Las pocas semanas en las que planearon la nueva aventura resultaron realmente entretenidas para los Clarks. Empacaron

la mayoría de sus cosas de manera muy ordenada y sistemá-
tica, logrando así que la pequeña Kate disfrutara también del
proceso ayudando con la labor de clasificar los objetos; investi-
garon sobre los lugares acerca de los que requerían información más urgente, como la escuela y los supermercados;
hicieron, mientras empacaban la ropa, una selección de las
prendas que les servirían y las que no. Mientras estaban en
todo ese proceso, le buscaron un hogar a Gloria en un barrio
cercano, ya que ella aún no estaba en todos sus cabales y no
podía afrontar un traslado por sí sola. El tiempo pasó muy
rápido y casi no se dieron cuenta cuando subían al avión para
dejar su antiguo hogar. Cuando llegaron a la ciudad de
Wundot Hills, se enamoraron perdidamente de ella.

Durante todo el proceso de mudanza, María trató de entablar conversaciones con su hermana. Un par de veces trató de
hablarle sobre Syd, pues consideraba prudente saber qué era
lo que pasaba por su cabeza al respecto, pero ella no cedió
nunca. Gloria se mantuvo muy hermética respecto a las cosas
que le molestaban sobre su marido y más aún respecto a la
muerte de este. A veces le contaba algunas cosas a su cuñado,
pero se le hacía muy difícil dar demasiada información. Le
contó a Logan sobre sus sospechas acerca de la otra mujer y
cómo esto le afectaba aún después de la muerte de su marido,
y también le contó sobre sus sospechas del asesinato. Él la
escuchó atentamente y prometió investigar más cuando
pudiera hacerlo, pero la hermana mayor de su esposa no se
veía muy contenta con esta promesa. Sin embargo, era un
acto de amabilidad de parte de Logan y ella lo agradecía.

María fue quien más cosas perdió con el traslado. Perdió
su consultorio privado, a sus pacientes y también a sus amigas
del colegio y la universidad, pero al ver el paisaje de su nuevo
hogar y a su esposo tan feliz con su nuevo puesto de trabajo
quedó encantada; además, podría estar cerca de su hermana y

eso era algo que la hacía sentir muy bien. Nunca habían estado muy unidas, pero desde pequeñas se habían tenido mucho cariño y respeto. Crecieron con unos buenos años de diferencia que no les permitieron realizar cosas muy similares al mismo tiempo ni entablar una relación estrecha de amistad, como en el caso de otras hermanas. Mientras Gloria salía con chicos, María seguía jugando con muñecas. Fue así que la vida las fue distanciando hasta dejarlas en dos ciudades distintas, pero apenas María se enteró de la muerte de su cuñado llamó a Gloria para darle el pésame y para invitarla a distraerse con unas pequeñas vacaciones en su ciudad. Estar juntas ahora significaba bastante para ambas, pues recobrarían los años perdidos y podrían estar más unidas de lo que lo habían estado antes.

Para Gloria se convirtió en un verdadero alivio el poder alejarse de aquel departamento que le traía tan malos recuerdos. Lo mejor para ella fue que pudo conservar su trabajo como editora dentro de la ciudad. El barrio al que se mudó le parecía mucho mejor, ya que en él, a diferencia de Blue Lake, todo el día se escucha bullicio y eso alejaba los malos recuerdos de su cabeza. Ella siempre fue una persona más de ruido y ajetreos, nunca le gustó mucho la calma de Blue Lake, pero como su marido prefería vivir en aquel lugar se mudó con él y dejó el centro de la ciudad, que era el lugar en el que había vivido de soltera. Volver al caos de un barrio más comercial que residencial se le hacía realmente necesario y, apenas puso los pies en su nuevo departamento, se sintió reconfortada.

Fue así que tanto los Clarks como la ahora solitaria Gloria se sintieron satisfechos con el cambio que hicieron en sus vidas y comenzaron a vivir en sus nuevos hogares. Nunca imaginaron lo que en verdad les esperaría después de haber tomado aquella decisión.

5

EL DOMINGO de aquella semana en la que los Clarks se habían trasladado al edificio, Grace está preparando el almuerzo de bienvenida a sus nuevos vecinos, a los que ha invitado hace un par de días. Le gusta hacer nuevas amistades y le parece magnífico el hecho de que tengan una hija de la edad de Samantha. Chris podrá distraerse con algún videojuego o cualquier otra cosa, incluso podrá charlar con Logan sobre su trabajo si es que está de buen genio, pues es algo que le interesa. En cuanto a Charles, seguramente la pasará de maravilla con aquellas encantadoras personas. Ayer en la tarde compró cordero para cocinar y ahora prepara uno de los deliciosos platos que aprendió de una cocinera peruana que alguna vez trabajó para ellos. Ella es una excelente cocinera y quiere atender a sus nuevos vecinos como se merecen. Para el postre compró frutas frescas, con las que ahora hace una ensalada. Charles, a diferencia de otras veces en las que tienen invitados, la mira desde el sofá del *living* sin levantar un solo dedo para ayudarla. Ella se molesta un poco, pero prefiere no pelear con su marido porque cree que es posible que esté cansado después de una semana larga de ardua labor. Él trabaja sin parar de lunes a sábado y lo hace durante varias horas, sabe que tiene que ser comprensiva.

El cordero no termina de cocer aún y ya suena el timbre. Son los nuevos vecinos, quienes resultaron ser extremadamente puntuales. Charles se queda sentado en el sillón y Grace debe correr hasta la puerta para abrirles e invitarlos a pasar.

—Hola, ¿cómo están? —dice Grace.

—Hola Grace. ¿Qué tal todo? —pregunta Logan entregándole un whisky—. Para ustedes.

—Pasen, por favor.

Ellos entran al departamento después de la invitación. Todos se saludan y se acomodan. Rápidamente Kate y Samantha se saludan y se hacen amigas. Se toman de las manos y van a la habitación de la dueña de la casa para jugar. Chris se queda en el *living*, extrañamente, como buen anfitrión, muy atento a sus nuevos vecinos. Charles saluda de manera cordial pero fría.

—¡Qué mal te pusiste el viernes, amigo! ¡Me hiciste asustar! —le dice Logan a Charles para romper el hielo.

—Gracias por ayudarme —le dice Charles mirándolo de reojo. No se siente muy cómodo.

—No fue nada. ¡Todo un placer para mí! Tienes que cuidarte, hombre —afirma en un tono cordial—. Cuando empiece a trabajar no podré ir a verte todos los días a la ferretería, tendrás que estar sano —dice tratando de hacer un chiste Logan. Sin embargo, Grace, que no sabía nada sobre el episodio de aquel encuentro, no encuentra gracia en el chiste.

—¿Cómo? ¿Se encontraron en la ferretería? —pregunta Grace confundida. Charles se siente bastante incómodo con la charla. Se limita a sonreír sin responder nada, de pronto se le ocurre una idea para cambiar la conversación.

—Mi esposa ha preparado un plato espectacular. Espero que les guste.

—¿Qué has preparado, Grace? —pregunta María.

—Es un plato que aprendí de una cocinera peruana que un tiempo trabajó con nosotros. Espero que ninguno de ustedes le tenga alergia al cordero y que lo disfruten mucho.

—¡Un plato peruano! ¡Vaya delicia! —dice Logan.

—¡Seguramente lo disfrutaremos! —agrega María, quien no había dicho nada hasta el momento.

—Sí. ¡Es una delicia! Y se sorprenderán más cuando lo prueben —dice Charles.

—Ojalá mi esposa cocinara alguna vez —bromea Logan.

—Si tuviera el tiempo libre que tú tienes lo haría, amorcito —responde en tono divertido María. Todos se ríen y Grace, disculpándose, se va a la cocina para terminar de preparar el almuerzo.

Chris se queda con todos prestando atención a la charla y sonriendo. No dice nada, pero por lo menos hace acto de presencia y se muestra muy cortés con los invitados. Charles se siente muy orgulloso de su hijo y es entonces que cambia de actitud. Levanta la cabeza y comienza a contarles un poco sobre Chris, para que note que también puede participar de la charla.

—Mi hijo quiere ser policía, como tú, Logan.

—¿Es verdad eso? —pregunta Logan, a lo que Chris responde con un movimiento afirmativo de cabeza—. Me parece un honor que un chico tan educado como tú admire el trabajo que yo realizo.

Logan comienza a conversar con Chris, quien al principio se muestra muy tímido, pero se va soltando a medida que la charla avanza. María le cuenta a Charles sobre su trabajo y su decisión de dedicarse a una carrera tan complicada pero apasionante como es la medicina. Todos se distraen conversando hasta que Grace anuncia que el almuerzo está ya listo y que todos deben sentarse en la mesa para comer.

En la mesa se sientan de la siguiente manera, siendo un almuerzo informal, sin mucho protocolo: Charles a la cabecera, Logan a su lado izquierdo y Grace a su lado derecho. Al lado izquierdo de Logan se sientan Chris, Kate y Samantha (en ese orden), y al lado derecho de Grace se sienta María. Las niñas charlan, Chris se queda muy atento a la charla de los adultos y ellos conversan de diversos temas. Se nota que existe mucha química entre ambas familias. Charles, que había estado nervioso toda la mañana, se siente mucho más tranquilo con sus nuevos vecinos.

—¡Qué bien cocinas, Grace! —le dice Logan a su vecina después de contarles sobre la ciudad de la que vienen.

—Gracias. ¡Qué bueno que lo estén disfrutando!

—¡Está delicioso, mi amor! —la halaga Charles.

—Sí. ¡Perfecto! Nos darás la receta, ¿verdad? —le dice María.

—Claro que sí. Es un poco complicada, pero vale la pena.

—Señor Clarks —interrumpe Chris —, ¿en qué área de la policía trabaja?

—Bueno amiguito… Me encanta informarles que comenzaré a trabajar en la división de homicidios desde la próxima semana.

—¿Qué quiere decir *homi… homici... dos?* —pregunta Kate dudando de haber dicho la palabra correctamente.

—Creo que tiene que ver con los homosapiens —responde tiernamente Samantha.

—No, pequeñas. Es una palabra que aprenderán en unos cuantos años, cuando sean lo suficientemente grandes —dice María, a lo que las dos responden con risitas tímidas.

—¡Eso es genial! —dice Chris—. Debe ser muy interesante.

—Recién empezaré a trabajar el lunes, Chris. Lo sabré entonces y te lo contaré de inmediato. ¿Te parece? —le dice Logan al chico guiñándole un ojo.

—¡Sí! ¡Sería genial!

—¿Y qué haces en tu tiempo libre, Chris? —le pregunta María.

—Me gusta tocar el bajo eléctrico.

—Ese es un buen pasatiempo —dice Logan. Entonces Chris, sintiéndose incluido en la charla, comienza a contarles sobre la banda que tiene con sus amigos y el tipo de música que les gusta tocar.

Durante el almuerzo, en ningún momento se presentan silencios incómodos ni nada por el estilo, todos charlan muy entretenidos y parecen estar muy a gusto.

—Fue tanta la casualidad de que la primera persona que haya conocido en esta ciudad haya sido a mi querido nuevo vecino —dice Logan, con un tono muy fraterno, cambiando las cosas. Y es que Grace no sabía de aquel encuentro y le resulta extraño que su marido no se lo contara. Lo mira fijamente, como pidiendo una explicación.

—Sí. Es algo realmente anecdótico —dice Charles sin mirar a su esposa.

—Cuéntenme eso —dice, finalmente, Grace.

—Fue el jueves. Logan entró a la ferretería y me compró unas cuantas cosas. No nos habíamos visto nunca antes, pero ese día nos presentamos —explica Charles.

María parece restarle importancia al asunto y cambia un poco de tema.

—¿Y tú también trabajas en la ferretería, Grace?

—No. En realidad yo me quedo en casa cuidando de los chicos y haciendo la limpieza. Tú sabes, funcionamos como las familias más tradicionales, aunque no tengamos una forma de pensar muy tradicional. Charles sale a trabajar y yo lo espero con la casa lista y los chicos bien controlados.

—Me parece realmente admirable que lo hagas —afirma María. Ella tiene un porte muy altivo y bonito—. Mi Kate a veces debe acompañarme al consultorio porque no tengo con quien dejarla en casa. Se aburre muchísimo, pero yo no puedo hacer otra cosa con ella —María se queda mirando con admiración a Grace.

—¿Y qué harás aquí? ¿Buscarás otro consultorio? —pregunta Grace.

—No lo sé. Creo que buscaré algún hospital en el cual trabajar y después de ganar un poco de reputación pondré mi propio consultorio.

La conversación continúa. Hablan de Cheverdale y de las diferencias que tiene con Wundot Hills; los Clarks prefieren su nueva ciudad de residencia, los Peterson no conocen Cheverdale así que se limitan a escuchar historias sobre aquel lugar. Charlan sobre traslados y sobre las niñas. Llegan al acuerdo de buscar clases de pintura o de alguna cosa divertida a la que las dos quieran apuntarse, así podrán tener alguna actividad extra que hacer en las tardes y además la harán juntas. De pronto, cambiando absolutamente de tema, Grace les pregunta por Gloria, por lo que Charles comienza a sentirse sumamente incómodo.

—Ella está más tranquila, viviendo en otro lugar. Está instalada en... ¿Cómo es que se llama ese barrio, amor? —dice Logan.

—Se llama... se llama... —Charles siente las manos sudadas. No quiere tener ningún tipo de noticia sobre esa mujer—. Empieza con ene... —María mira a Grace después de hacer esa afirmación.

—¿Nerthed? —pregunta Grace.

—Sí. Exacto. Ese lugar —afirma María. Mientras tanto Charles comienza a sentir el sudor mojando su frente.

—Bastante cerca —dice Grace—. Anteayer me encontré con ella, fuimos a tomarnos un café. —Esta última afirmación hace que Charles se sienta muy, muy incómodo; por lo que tose fuerte y baja la mirada. ¿Qué hacía su mujer charlando con Gloria? ¿De qué tenían que hablar?

—¿Te viste con mi hermanita? —dice María con un tono muy dulce.

—Claro que sí. Fue una charla gratificante para ella, o al menos eso creo. Me contó sobre algunas cosas que la estaban molestando desde hace tiempo.

—¿Te dijo sobre sus sospechas? —pregunta Logan.

—¿Sobre el a...?

—Sí.

—Sí. Me las contó. Son terribles. Quizá está muy aturdida por el golpe que significó para ella la gran pérdida, ¿o no?

—Es posible, pero la verdad es que no me parece una versión tan alocada sobre los hechos. Al menos con toda la información que tengo del caso hasta el momento —dice Logan.

—¿Por qué lo dices, amor? —pregunta María.

—¿De qué hablan? —pregunta Samantha.

—De cosas de adultos. ¿Ya terminaron de comer? ¿Por qué no van a jugar? —le responde su madre. Las dos pequeñas piden permiso para levantarse de la mesa y acatan las órdenes de los adultos.

—La verdad es que a mí también me dijo de sus sospechas y me lo dijo muy calmada, por lo que es algo que no es imposible de creer —dice Logan.

—¿Tú puedes darte cuenta cuando alguien miente? —pregunta Chris.

—En la policía tenemos un método. No es del todo seguro y hay muchas cosas que evaluar, pero funciona.

—¿De qué se trata? —pregunta Chris muy emocionado.

—Te contaré un par de trucos, Chris. Todo es lenguaje corporal. Por ejemplo —se queda pensando mientras mira fijamente a Charles. Eso no le agrada mucho, pues lo hace sentirse sumamente incómodo—, si alguien te habla tapándose la boca, lo más probable es que te esté mintiendo o que te esté diciendo algo que no debería haberte dicho. Otra prueba es la de mirar su nariz, si se la rasca posiblemente esté mintiendo.

—Es increíble saber eso. ¿De verdad funciona?

—Así es. Funciona bien y sirve bastante en la vida cotidiana.

—¿Y es por eso entonces que tú sabes que la señora Gloria no mentía?

—Sí. Al principio me di cuenta de esa manera.

—Lo más extraño es que nunca quiso contarme nada a mí —interviene María.

—Tal vez se lo contó a Logan porque él es policía —dice para calmarla Grace.

—Eso lo entiendo bastante bien, pero, ¿no te parece muy raro que te lo haya contado a ti y nunca a mí? No es que me sienta celosa, de ninguna manera; pero ella nunca me habló de ti, y luego apareces y te cuenta todo, como si fueran grandes amigas. ¿Son grandes amigas, Grace? Es que te pregunto porque ella jamás me cuenta absolutamente nada.

—En realidad no tanto —dice Grace cabizbaja. No sabe cuál es la verdadera relación que tiene con esa mujer, por lo que necesita explicarla—. Sí charlamos de vez en cuando. Se quedó a dormir en esta casa la noche después del accidente y le dimos todo nuestro apoyo, pero la verdad es que fue el viernes la primera vez que salimos a tomarnos un café.

—Lo que me parece muy extraño es que no quiera contarme a mí las cosas. Si soy su familia…

—La razón es que, quizá, tu hermana mayor no quiere preocuparte con esos asuntos tan feos. De alguna manera quiere protegerte de esas verdades porque eres su pequeña hermanita —le responde Grace.

—Es verdad. En fin. Mi marido cree que se trata de una probabilidad bastante creíble.

Charles sigue cabizbajo, sin mirar a nadie y sin aportar a la charla. Logan nota su incomodidad y se dirige a él.

—¿Estás bien, Charles?

—Solo un poco… mareado —le responde.

—Tienes que cuidar ese hígado, hombre. Grace: debes cuidar de este pobre hombre, no vaya a ser que se nos arruine en serio.

Todos se ríen de aquella intervención de Logan y comienzan a charlar sobre la salud. Mientras lo hacen, Charles busca la forma de reaccionar sin dejar ninguna sospecha. Si su cambio de actitud es muy brusco será muy extraño para todos. Es así que se levanta, se disculpa y corre al baño. No hace nada más que mirarse en el espejo y mojarse la frente, pero se queda ahí durante unos cuantos minutos. Sale radiante después y hace un comentario sobre su débil estómago. Grace comienza a notar las extrañezas en su marido, pero no hace ningún comentario al respecto, pues piensa que, simplemente, está más agotado que de costumbre por el trabajo. Es así que continúa con la conversación con sus nuevos vecinos.

6

El lunes, para los Clarks la rutina de una nueva vida empieza. Logan se despierta a las cinco de la mañana, hace un poco de ejercicio en el *living* y luego se va hacia la ducha. A las seis y media todos se encuentran en la cocina para preparar el desayuno en familia, incluso Kate colabora. Están acostumbrados a repartirse los deberes de la casa. Comen sándwiches acompañados con jugo de naranja. Cuando terminan, la pequeña Kate se alista para que su madre la lleve a la escuela. No acostumbran conversar mucho durante el desayuno, ya que siempre tienen que hacer las cosas rápido para cumplir con sus obligaciones laborales. La niña irá a la misma escuela a la que va Samantha, lo cual es una bendición porque de esa manera no tendrá mayor problema para hacer nuevos amigos. Su padre sale antes de que ella termine de alistarse y se va a trabajar. Hoy, después de dejar a su hija, María arreglará un poco la casa y luego ordenará su currículo para presentarlo a algún hospital. Espera tener suerte.

Logan llega temprano a su trabajo, se siente muy emocionado por lo que le toca vivir. La sección de homicidios siempre le llamó la atención y ahora sabrá, al fin, lo que se siente estar ahí. Apenas entra al edificio conoce a su jefe y luego a todos sus compañeros de trabajo, parecen personas muy amables y de buen trato, a excepción de Harry, un hombre un poco mayor que él que ni siquiera se molesta en saludarlo. Se sirve un café, frustrado después de haber tratado de conseguir una charla con ese hombre, y luego comienza a revisar los documentos de fechas pasadas. Se sorprende con la cantidad de casos que llegan a la división, son tantos que ni siquiera se detiene a analizarlos un poco. Hoy tiene que ponerse al día y le va a costar bastante, porque todavía se pueden ver muchos casos sin resolver. Mira también los que ya fueron resueltos. Ahí, en ese montón, entre los que empezaron con falsas sospechas de homicidio y luego fueron catalogados como casos de distinta índole, está el caso de Syd. Le parece que algunas de las explicaciones son poco realistas y carecen de rigurosidad investigativa, pero prefiere pensar que tiene esa sensación por el hecho de ser un novato en el área.

Sin embargo, como lo había prometido, se detiene a analizar el caso del esposo de Gloria. Le parece que lo cerraron sin pensar ni analizar muy bien todas las posibilidades al respecto. Se impresiona con las fotografías que halla del cadáver, pues, a pesar de trabajar tanto tiempo como policía, el hecho de ver a su cuñado difunto no es algo frente a lo que pueda quedarse indiferente.

Uno de sus compañeros entra a la oficina y le habla, distrayéndolo de sus pensamientos.

—¿Qué pasó? ¿Nunca viste fotografías de cadáveres?

—No es eso… —afirma Logan sobresaltado.

—¿Qué es, entonces? —le dice su compañero dándole una palmadita en el hombro.

—¡Es increíble la cantidad de… de…

—¿De casos?

—Sí. Es increíble… ¿Y, por lo general, cuántos son asesinatos comprobados?

—Menos de la mitad.

—¿Un porcentaje?

—Hasta un 35%.

—Es demasiado, considerando la cantidad de casos que llegan.

—Me imagino que para ti es una cantidad abominable, pues vienes de un lugar más pequeño y con menos población, pero ten en cuenta la cantidad de gente que vive en esta ciudad.

—Es verdad —afirma Logan moviendo la cabeza en señal de afirmación—. Wundot Hills es una ciudad bastante grande. ¿Es también una ciudad violenta?

—Algunas veces… Lo normal, supongo. —El nuevo compañero de Logan lo mira fijamente y luego mira el caso que tiene en las manos. —¡Ese pobre hombre! ¡No era un homicidio!

—¿Están del todo seguros?

—Es lo más probable, Logan. Fue el veredicto al que llegamos. ¿Quién podría haberlo asesinado?

—Es que…

—¿Por qué te impresiona tanto?

—Era el marido de mi cuñada.

Ante esta respuesta el otro policía abre los ojos y se queda mirando fijamente y con algo de lástima a su colega.

—Lo siento.

—No éramos muy amigos. Pero… —Logan se queda dubitativo—. Es raro.

—Te entiendo.

En mitad de la conversación entra el jefe con un nuevo caso. Se trata de una mujer que vivía muy cerca al nuevo domicilio de su cuñada Gloria y que parece haberse suicidado, tiene una bolsa plástica en la cabeza. Sin embargo, debe investigarse el caso y descartar un asesinato. Logan se siente emocionado, por un lado, y a la vez un poco presionado por la velocidad con la que tienen que actuar. Es temprano y ya les ha llegado más trabajo. Su compañero le pone, nuevamente, una mano sobre el hombro y le desea suerte.

Mientras él comienza a trabajar en este terrible caso, su mujer ya ha terminado de limpiar la casa y no encuentra las ganas para cocinar. Hoy pedirán comida, no está de humor para preparar ningún plato. Con los años se le ha ido la práctica, y es que normalmente no es ella quien cocina, de hecho nadie cocina en casa; pero como ahora es ella quien tiene más tiempo libre tendrá que asumir ese rol, por lo menos hasta que encuentre donde trabajar. Es la segunda semana que tienen viviendo ahí y ya siente un poco de nostalgia por Cheverdale. Lo que más extraña es su trabajo. Piensa en Logan, seguramente está mucho más contento ahora que tiene el trabajo que siempre ha soñado. Se siente feliz por él.

En la mañana, muy temprano, cuando dejó a Kate en la escuela, se encontró con Chris y Samantha, pero no vio ni a Charles ni a Grace. Apenas se vieron, las dos pequeñas se tomaron de las manos y caminaron juntas hacia el salón de clases, como si fueran mejores amigas. A María le dio mucha tranquilidad saber que su hija se encontraría bien y con buena compañía.

Logan Clarks trata de seguir el ritmo de sus colegas. Está emocionado por la novedad, pero al mismo tiempo se siente un poco estresado. El rostro de la mujer que murió asfixiada con una bolsa plástica se ve muy rígido en las fotografías que le llevan a la oficina, incluso causa un poco de miedo. La tensión que puede leerse en él no es simplemente la de alguien que se está muriendo dejando acongojado y cansado este mundo, sino de alguien que está sufriendo mucho más que una asfixia; es realmente aterrador. Otros policías están revisando el lugar con su kit de reactivos, para ver si es que encuentran huellas sospechosas en el departamento, después enviarán las fotografías a la oficina. Logan trata de concentrarse, es su primer caso y se siente muy emocionado, no puede fallar porque eso le significaría un posible cambio de división. La adrenalina corre por sus venas.

María, muy aburrida, llama a su marido al teléfono celular haciendo que él pierda la concentración.

—Hola, amor.

—¡Querida! ¡Te llamo luego!

—Pero quería hablar contigo.

—Ahora no, por favor. Te llamaré después, estoy en medio de algo muy importante.

Logan cuelga repentinamente, lo cual saca de sus casillas a su esposa. Nunca le había colgado así el teléfono ni había tenido un tono tan frío al hablar. Ahora que lo ha hecho se siente un poco despreciada.

La situación es extremadamente tensa e interesante en la división de homicidios. Los teléfonos suenan, aparecen las pistas y todavía no se puede llegar a ninguna determinación. Logan se siente muy excitado al respecto, se pierde un poco por la adrenalina y no rinde como quisiera hacerlo. Sus colegas dan opiniones sobre el caso y exponen sus puntos de vista, él los escucha silenciosamente. Quiere decir algo, pero todas las posibilidades dan vueltas en su cabeza haciendo ruido e imposibilitando que llegue a alguna conclusión. Además, cuando está a punto de decir algo uno de sus colegas se adelanta, como leyéndole la mente.

María sale para despejarse un poco. Se aburre del encierro en casa, pues no está acostumbrada a él. Ni la vista hermosa del lago, ni las comodidades del departamento le bastan para sentirse a gusto, así que sale. Llega a un parque muy lindo que está cerca al edificio, entonces se encuentra ahí con su hermana y se sorprende un poco.

—¡Gloria! —la saluda.

—María. ¿Cómo estás? ¿Te gusta tu nuevo hogar? —pregunta su hermana con desgano.

—¿Qué haces aquí? No creo que te haga bien volver.

—Me da nostalgia, María.

—¿Por qué nunca hablaste conmigo sobre el tema? —le pregunta mientras se sienta a su lado para conversar con mayor tranquilidad.

—No es que… —Gloria se queda pensativa, sin completar lo que dice. Entonces, María se da cuenta de que su hermana no está en la editorial en la que trabaja, lo cual le parece extraño.

—¿Por qué no estás en el trabajo?

—¿Qué? —pregunta Gloria en un tono agresivo y poniéndose de pie—. ¡Es mi vida! No sabes lo que significa perder a un marido cuando no te ha dejado hijos y cuando no tienes a nadie más en el mundo —dicho esto, llora.

—Lo siento —dice María en tono compasivo—. Es que creo que te sentaría bien distraerte.

—¡No sabes lo terrible que se siente! Lo peor de todo es que los malditos Peterson…

—¡Oye! ¿Por qué hablas así? Ellos te acogieron en su hogar cuando…

—Ese gesto no significa nada —afirma Gloria quitándole la palabra a su hermana—. Ellos eran cómplices de Syd.

—¿De qué hablas? —pregunta María muy asombrada.

Gloria comienza a temblar y, entonces, María se da cuenta de que puede llegar a sufrir un ataque de nervios. La abraza sin decir nada. Quedan abrazadas un largo rato, entonces Gloria se tranquiliza un poco.

—Creo que podría recetarte algunas pastillas para que

estés más calmada —afirma María. Gloria no responde, se queda con la cabeza apoyada en el hombro de su hermana—. De verdad te sentarían bien, pero solamente te las recetaré si estás de acuerdo.

—No quiero ser una adicta —dice Gloria.

María piensa en llevarse a su hermana al departamento, pero rápidamente se da cuenta de que aquello solamente empeoraría su estado mental, ya que está muy nerviosa.

—Iré a dar una vuelta. Preferiría estar sola —dice Gloria, interrumpiendo las cavilaciones de su hermana.

—¿Estarás bien?

—Sí.

—Tienes mi número de teléfono. Llámame si necesitas algo, por favor.

Las dos hermanas se abrazan cariñosamente, Gloria derrama unas cuántas lágrimas antes de soltar a María. Después se va caminando hacia el lago.

En la oficina de homicidios de la policía el tiempo pasa rápido y se hace hora de almorzar. En lo que todos descansan mientras se alimentan, Logan se da un tiempo para ver el caso de su cuñado. Lo analiza y se da cuenta de que Gloria puede tener razón respecto al asesinato. Se pregunta las razones por las que se llegó a la conclusión de que aquello había sido un accidente y le parece curioso que nadie haya investigado más al respecto. Las heridas son demasiado exactas. Existe una probabilidad muy pequeña de que una roca se haya clavado exactamente en su corazón sin raspar ninguna otra parte del cuerpo. Peor aún: parecería que, en realidad, alguien apuñaló al pobre hombre. Piensa en hacérselo notar, inmediatamente, a su jefe; pero prefiere indagar un poco más por su cuenta para tener una versión propia que presentar y no una simple observación que sería descartada.

Antes de que termine la hora del almuerzo llega otro caso

a la oficina. Es sobre un hombre que encontraron asfixiado en una de las callecitas del centro, hace una hora. Por alguna razón, apenas escucha aquel caso, Logan piensa en su nuevo vecino y se siente un poco preocupado. Tiene la sensación de que podría tratarse de él. Antes de ver la fotografía de la víctima piensa en la cantidad de casos que llegan y la dificultad de resolverlos todos; esa observación lo hace volver a su hipótesis respecto a la falta de rigurosidad en la investigación sobre su cuñado. Suspira recordando la promesa que le hizo a Gloria y toma la fotografía en sus manos para averiguar quién es el desgraciado hombre.

7

LA MAÑANA después de que el esposo de Gloria había muerto, Grace estaba histérica porque Charles había llegado a casa poco después de la media noche. Lo regañó bastante por no ser precavido con su propia vida y le dijo que Blue Lake estaba convirtiéndose en un barrio peligroso. Aquel día corría la sospecha de que la muerte del hombre había sido causada por algún individuo, así que era lógico que Grace estuviera muerta de miedo por el destino de su esposo, que había salido a correr en el barrio en el que le habían dado muerte al pobre y desafortunado vecino. Los chicos estaban de vacaciones y escucharon todo el griterío de su madre hacia su padre, por suerte Chris reaccionó a tiempo, al darse cuenta de que hablaban de un asesinato, y se llevó a su hermana al parque; sabía que si se enteraba de la noticia podía asustarse muchísimo. Los niños no deben oír ese tipo de noticias.

La noche anterior, Syd había salido de su departamento, poco después de las once, dando portazos y gritándole a su mujer. Gloria no recuerda hasta ahora las razones por las que habían peleado, tampoco tiene intenciones de hacerlo. Pues fue la última vez que vio a su marido con vida. Charles recuerda que la noche anterior a esa había visto al tipo junto a su amante dando un paseo por el muelle y le había dado asco.

Después de salir del edificio, dejando a medias la pelea con su esposa, Syd fue a la orilla del lago con una botella de whisky, necesitaba despejarse y relajarse un rato en la lancha que poco tiempo atrás se había comprado. Miró las estrellas reflejadas en el lago y se subió a su lancha. Pensó en su amante, una muchachita universitaria con un cuerpo delicioso a la que no quería para nada más que para el sexo, ella sabía muy bien que eso era lo único que buscaba aquel hombre casado y lo aceptaba. Pensó luego en Gloria, en cuánto la amaba y en lo aburrido que estaba de ella a pesar de ese amor. Ojalá nunca se hubieran casado. Convivir con alguien, meditó, es el infierno que arruina todas las relaciones.

Aquella noche era cálida. Charles se sintió abrumado después de escuchar el griterío espantoso, seguido por el portazo de su vecino, y decidió salir a estirar las piernas. Le dio un beso a su esposa y le dijo que volvería pronto, que necesitaba un poco de aire fresco. Entreabrió las puertas de las habitaciones de sus hijos y notó que ya se habían dormido a pesar de los molestos ruidos del departamento de al lado. Se puso su ropa deportiva, ató bien los cordones de sus zapatos y salió de su hogar. Regresó horas después y sintió algo de vergüenza al notar que se había tardado demasiado. Grace no lo sintió llegar y fue recién a la mañana siguiente que él confesó su hora de llegada.

Gloria estaba aturdida luego de la discusión con Syd, daba vueltas por el departamento con un cigarrillo encendido. Apenas terminaba de fumarlo sacaba otro de su bolso. Finalmente, alterada por los nervios, salió a la calle. La noche, a pesar de ser invierno, estaba muy agradable y la brisa, que iba hasta ella desde el lago, le acariciaba el rostro relajándola un poco. Caminó y caminó hasta que sus pasos la llevaron a la locura y comenzó a conducirse por Blue Lake como una vagabunda sin rumbo. El marido de Gloria se quedó en su lancha sin desanclarla del muelle. Bebía el whisky de la botella y, sin darse cuenta, lo vació hasta la mitad. Desde ahí podía ver el cielo estrellado y pensar tranquilamente, acompañado solo del sonido del agua moviéndose un poco. Pasaron unos cuantos pájaros cantando por donde él estaba. El paisaje era realmente agradable. Pudo llegar a la conclusión de que ya era hora de hacer lo correcto y admitir que tenía un problema con la bebida, y también analizó la posibilidad de decirle a Gloria que necesitaban darse un tiempo, y, por qué no, confesarle que sus sospechas eran reales, él tenía una amante, una tonta chica universitaria, pero que no la amaba. Se animó a dar un pequeño paseo por el lago. Sería una experiencia realmente hermosa y reconfortante. Soltó la lancha para navegar y sintió que algo caía en ella. Cuando volteó para ver qué era lo que había sucedido, se encontró con una persona con el rostro cubierto que se le abalanzó metiéndole un cuchillo en el corazón. Agonizó un rato. Aquella persona se quitó el pasamontañas, Syd abrió los ojos y la boca asombrado, poco a poco el aire se le escapó de los pulmones y abandonó este mundo con agonía y terror. Antes de poder decir cualquier cosa, cerró los ojos para siempre.

La noche siguiente, Gloria durmió en casa de sus vecinos, en la cama de Samantha, mientras la pequeña dormía feliz en medio de sus padres. No podía dejar de llorar ni de recordar. Todas las imágenes de su matrimonio se le interponían como relámpagos cuando cerraba los ojos, después aparecía el cadáver de su esposo. Los sucesos de la noche anterior habían sido realmente horribles.

Charles no salió a correr ni la noche siguiente ni la que le siguió. Grace estuvo histérica hasta que en la policía llegaron a la conclusión de que había sido un accidente ocasionado por la ebriedad del tipo y que no había que temer que un asesino estuviera suelto por el barrio. Después de aquel veredicto, el señor Peterson pudo salir a correr libremente en las noches, como a él le gustaba, y Grace se quitó de la cabeza la idea de que vivir en Blue Lake ya no era tan seguro como antes.

8

Después del primer día de trabajo, Logan llega a su hogar muy cansado por la larga y emocionante jornada laboral. Kate está terminando su cena y ya comienza a bostezar en la mesa mientras su madre la mira fijamente para que termine su plato. María está con el rostro pálido, sin maquillaje, un poco enojada y con la voz algo quebrada. Logan las saluda con un beso en la mejilla, se sirve su plato de comida y las acompaña a cenar, pero no obtiene ningún tipo de conversación porque madre e hija pelean hasta que la pequeña llora porque no quiere terminar su hamburguesa. Él no quiere meterse en el pleito porque sabe que no debe interferir, ya que no estuvo presente desde el principio.

Después de un rato la pequeña Kate acaba a regañadientes su comida, entonces se va a dormir. Su padre aprovecha su ausencia e intenta entablar una conversación con su esposa. Está bastante cansado, por lo que deja que ella lave los platos mientras él la mira sentado en la mesa de la cocina y le cuenta sobre lo emocionante que estuvo su día. Pero María casi no lo escucha, sigue lavando los platos con la pila bien abierta para que el chorro de agua sea exagerado y, además, hace movimientos toscos que no le permiten a Logan acercarse y que no permiten que su voz se deje oír. Él se limita a mirarla y seguirle contando sobre la división nueva a la que pertenece y sobre la impresionante cantidad de casos que siguen sin resolverse. Ella ni siquiera se voltea para sonreírle ni emite sonido alguno que indique que está escuchándolo.

Después de que él termina de contar su día y todas las novedades con las que se encontró en el trabajo, se hace un silencio muy incómodo. María enjuaga los platos con ira y sigue sin dar respuesta alguna a su marido. Apenas ella termina su labor en la cocina, él se le acerca y la abraza por la espalda, ella se desprende de sus brazos y camina hacia la habitación. En la puerta comienza a quejarse de su día y de lo terrible que es estar encerrada en el departamento y que, lo peor, es que él llega a contar absolutamente todo sobre su emocionante trabajo nuevo. Después de discutir un rato, María se encierra en la habitación y él decide salir para tomar aire fresco.

Ya en la puerta, Logan piensa que no será muy divertido ir a dar una vuelta solo, pues no está muy acostumbrado a estar sin compañía, sobre todo cuando quiere relajarse. Es así que camina hacia la puerta de los Peterson y toca el timbre. Cree que sería bueno pasar un rato con su nuevo vecino Charles. Es Grace quien abre la puerta. Nota que se dibuja una sonrisa en su rostro redondo y se siente bienvenido.

—Logan. ¿Cómo estás? ¿Qué te trae por aquí? —pregunta con un tono muy dulce ella.

—¡Qué bueno verte, Grace! —la saluda poniéndole una mano sobre el hombro—. ¿Está Charles?

—Sí. Está aquí. —Grace voltea para llamar a su esposo, que está cruzando el pasillo y le hace un gesto de negación con la cabeza, como pidiendo que niegue su presencia en casa. Ella no hace caso y le hace una seña, con la mano, para que se acerque a la puerta. Charles, obediente y sin escapatoria, va a saludar a su nuevo vecino.

—¿Cómo estás, Logan? ¿Qué te trae por aquí?

—¿Cómo te va, hombre? ¿Qué tal tu estómago? —pregunta Logan dándole palmaditas en el hombro. Él es un hombre muy expresivo y no escapa al contacto físico. Al parecer, Charles no es igual, pues se queda tieso sin responder aquel gesto.

—Sin problemas el día de hoy —dice con poca emoción.

—Vengo a sacarte un rato —afirma Logan mirando a Grace, quien sigue con la sonrisa puesta en la cara, bajo sus ojos pequeños—. Si te parece y a tu esposa también.

—Vayan, vayan. Necesitan despejarse ambos —dice Grace sacando a su marido de la casa con ambas manos. Él no se interpone, pues siempre le hace caso a su mujer.

Pronto los dos hombres se dirigen al ascensor y se montan en él. Grace los despide desde la puerta manteniendo su sonrisa en la cara. Le gustan muchísimo los nuevos vecinos y anhela entablar una amistad con ellos.

Charles, en cambio, no está muy contento que digamos. No le fascina la idea de salir a tomar un café por la noche, menos aún un lunes, ya que ese es el día que más trabajo tiene en la ferretería y en el que lo único que quiere, al llegar a casa, es descansar. Además, no le apetece la idea de seguir pasando tiempo con el cuñado de Gloria. En el ascensor, antes de llegar a la planta baja, Logan se sincera con su vecino.

—Discúlpame por sacarte así, espero que tu mujer realmente no se enoje. Hoy tuve un día bastante estresante en el trabajo y mi mujer está con un genio terrible, insoportable —afirma mientras se rasca la cabeza, Charles lo mira con atención—. Yo la quiero muchísimo, pero cuando se pone como hoy no puedo lidiar con ella y prefiero darle un descanso hasta que cambie de humor. Por eso, amigo, hoy te invito una copa o un café, lo que tú prefieras. Dime el lugar porque tú conoces esta ciudad, yo soy novato.

—¿Qué sucedió con tu esposa? —pregunta Charles.

—Simplemente está de mal humor. Sabes que a veces se ponen de un genio terrible y no hay manera de saber las razones de su mal humor.

—¿No hiciste algo que pudiera molestarla? —pregunta con algo de preocupación.

—Para nada. Si he estado todo el día fuera de casa, trabajando.

El ascensor se abre en el preciso instante que Logan termina de decir esto y los dos hombres salen del edificio en silencio. Ya en la calle Logan insiste en su invitación.

—A ver. Dime de qué te antojas y yo te invito. Si me dejas elegir, te invitaría a un lugar que me agrade a mí también, pero no conozco casi nada aún. Soy nuevo en Wundot Hills, amigo.

—Vamos por un café, no me gusta beber entre semana —afirma con seriedad Charles.

—¡Perfecto! Hoy seremos chicos buenos y llegaremos muy temprano a casa, te lo prometo —le dice Logan guiñándole un ojo. A Charles no le gusta ese gesto, porque le recuerda a su padre disculpándose con su madre y prometiéndole cambiar.

—Me parece bien —dice sin ánimo.

Van al Bleu Ange, un café que está muy cerca de La rose. Logan queda encantado con la decoración, pues todas las luces son neones azules y las mesas son de vidrio.

—Es muy linda esta ciudad, amigo —afirma cuando se sientan en una mesa para dos—. Me encantan este tipo de lugares. En Cheverdale es difícil hallar un lugar como este. —Mira hacia los costados para apreciar la decoración y luego vuelve a mirar a Charles—. Lo único que me impresiona y me trae algunos conflictos es su tamaño. Es muy grande.

—Es grande, pero uno se acostumbra —afirma Charles mientras mira la carta.

—Eso lo dices porque has vivido aquí toda tu vida y porque no tienes que lidiar con los homicidios del lugar.

En ese preciso momento aparece una mesera vestida con ropa azul y negra, lista para tomar la orden de ambos. Charles se pide un *mocaccino* y Logan un café árabe.

La mesera apunta la orden y se lleva el menú dejando a Charles desprotegido. Se siente desnudo frente a su nuevo vecino. No es un hombre muy sociable, sí es amable, pero le cuesta bastante hacer amigos. Además, se siente muy intimidado por el hecho de que sea familiar de Syd. ¿Qué pasaría si saliera el tema de conversación? Ni siquiera puede fingir sentir lástima por aquel gusano horrible.

Logan comienza a contarle sobre los restaurantes en Cheverdale. Charles lo escucha hablar con atención y pocas veces aporta algo a la conversación, ya que es él quien toma la charla. Se siente un poco más animado al notar que tienen intereses en común, como el gusto por los aviones o el gusto por el rock. La mesera vuelve con sus pedidos y entonces Charles se anima a conversar. Poco a poco sale de su cascarón.

Después de una hora de conversación Logan comienza a sincerarse aún más con su nuevo vecino.

—Yo amo muchísimo a mi esposa, Charles. Ella es realmente increíble. Pero a veces no la entiendo en lo más mínimo. Se enoja y nunca me entero de qué es lo que he hecho para que ella se enfade.

—Tal vez no preguntas lo suficiente —afirma Charles en un tono comprensivo.

—Tu esposa debe ser un pan de Dios, Charles —le dice recordando su rostro casi infantil y su sonrisa—. Las mujeres son complicadísimas. A veces le roban su humor al diablo y no hay nada que las haga confesar las razones de aquel comportamiento infernal. No me malentiendas. Por lo general María es increíble, pero días como hoy... Simplemente necesito darme un respiro.

—Grace es realmente un ángel —dice Charles visualizando a su mujer—. Poquísimas veces hemos peleado y siempre he sabido las causas de sus enojos.

—¿Nunca, simplemente, te ha ignorado y no te ha dicho nada durante horas? —pregunta Logan con cierto asombro.

—Creo que eso jamás ha sucedido, por lo menos no hasta la fecha.

—Eso es realmente un milagro. Tienes que estar agradecido.

—Lo sé... —dice Charles sonriendo—. Y tú tienes que aprender a comprender a tu esposa.

—¡Es imposible! —Logan abre muchísimo los ojos al decir esto, Charles comienza a reírse y cambia la expresión de su rostro.

Charles se da cuenta de que su vecino es un hombre realmente bondadoso y con un buen corazón, un hombre que, además, ama a su esposa y a su hija y que nunca les haría daño. Se siente un poco conmovido al notar el perfil de su nuevo amigo y se relaja un poco sintiéndose en un ambiente mucho más amigable. Logan le cuenta todo sobre su vida. ¿Podría estar mintiendo? Parece que no, porque en sus ojos se puede ver un alma sincera.

El tiempo se pasa bastante rápido y la salida que, supuestamente, iba a durar una hora o menos, se alarga. Los dos hombres solamente beben café, pero se entretienen muchísimo y se olvidan del tiempo. Hablan de sus esposas, de sus hijos, sobre baloncesto y algunos otros temas que van surgiendo. Logan no menciona, en ningún momento, nada sobre su profesión. Charles tampoco lo hace y agradece que su nuevo amigo lo evite. La pasan de maravilla juntos.

Ambos entran al edificio sintiéndose un poco culpables, a la vez que cómplices, por la tardanza. ¿Qué pensarían sus esposas? Charlan de esto en el ascensor y Charles siente aún más empatía por su nuevo amigo. Él también se siente culpable cuando sabe que le ha fallado en algo a su esposa, por más pequeño que esto sea. Salen del ascensor y caminan hacia las puertas de sus respectivos departamentos. Las abren al mismo tiempo. Para el afortunado Charles la entrada está despejada y no hay ningún reclamo, es entonces que Logan se da cuenta de que realmente su vecina es un pan de Dios. Para el desafortunado señor Clarks la entrada está bloqueada por una esposa furiosa que comienza a reclamarle y preguntarle cosas antes de dejarlo pasar.

Esa noche María y Logan se pelean y él tiene que dormir en el cuarto de visitas. En cambio, en el departamento de enfrente, Grace se despierta solamente para darle un beso a su esposo y seguir durmiendo plácidamente, confía completamente en él. Charles se siente un poco culpable por ese voto de confianza tan sincero. La mira unos segundos y se queda completamente dormido.

9

Aquella primera semana en la nueva ciudad pasa muy rápido para Logan, quien recién se acostumbra al nuevo ritmo de trabajo y comienza a comprender bien cómo realizar su labor. Para María los días pasan muy lentamente porque se siente completamente inútil. Sus únicas tareas son la limpieza de la casa y, cuando está de buen humor, la cocina. Extraña su trabajo y aún no la llaman ni siquiera para una entrevista. Para Kate la semana pasa casi igual de rápido que para su padre, pues la pasa de maravilla junto a sus nuevas amigas en su nueva escuela.

El viernes en la noche, Logan decide darse un respiro después de una semana tan ajetreada. Le pregunta a María si es que le gustaría ir a bailar después de acostar a Kate y dejarla dormida. La mujer está bastante estresada con su situación actual y le preocupa que el hecho de que no trabaje signifique un hueco muy grande en la economía familiar, así que se niega por temor a gastar demasiado. Su esposo, un poco molesto por la negatividad de su mujer, se queda fumando en la sala con la ventana abierta. Es entonces que, mientras deja que María acueste a la niña, piensa en buscar a su vecino para ir por un café o, por qué no, por un trago. Mañana el trabajo para él empieza más tarde y seguro que Charles puede darse una pequeña licencia y abrir la ferretería después del horario de todos los días. Apaga su cigarrillo y mira por la ventana antes de decidirse a salir o no; entonces ve a Charles con ropa deportiva corriendo por la acera que está frente al edificio. Sonríe y se da cuenta de que es muy tarde para invitarlo porque, al parecer, él ya tiene otros planes. Trata de saludarlo, pero él no lo ve.

En Blue Lake siempre sopla una brisa que viene del lago, Logan piensa en lo valiente que es su vecino al atreverse a salir a correr en la noche con un conjunto deportivo tan delgado. Él no lo haría, disfruta de hacer ejercicios en casa, sin tener contacto con el aire fresco. Ahora tiene la ventana abierta, pero el viento que sopla dentro de su departamento no le produce frío, sino que es agradable.

Mira con atención el muelle y piensa en el difunto esposo de su cuñada, en cómo aquel hombre salió a dar un paseo en una noche probablemente igual de pacífica que la de hoy y no regresó nunca más a su hogar. ¿Sería real lo del accidente por ebriedad? En las pruebas forenses se ve que el tipo sí estaba pasado de tragos, pero se le hace muy extraño que la herida haya sido encontrada en un lugar tan exacto, sin presentar raspones en el resto del cuerpo. Además, el cadáver fue hallado dentro de la lancha, la que sí estaba a varios metros del muelle, pero, a fin de cuentas, estaba dentro de la lancha. ¿Cómo podría haber caído de ella lastimándose con una roca, como dicen los informes, y vuelto a entrar? ¿Podría haberse lastimado con las rocas puntiagudas que sobresalen del lago y haberse quedado inmóvil dentro de la lancha, sin sufrir ninguna caída? Le parece que existen muchos huecos en la reconstrucción de los hechos y quizá hasta algunas incongruencias.

El tiempo pasa sin que Logan se dé cuenta. María y Kate ya se han acostado hace horas y él se ha quedado dormido frente a la ventana. De pronto un ruido muy fuerte que viene de la ventana de la cocina lo despierta. A su esposa y a su hija también las despierta. Los tres se encuentran en la puerta de la cocina un poco asustados y comienzan a revisar el lugar. Coinciden en haber escuchado un sonido grave, como el de un golpe o una caída, y se disponen a buscar qué es lo que lo ha producido. Cuando miran la ventana, se dan cuenta de que está abierta, casi hasta la mitad. Piensan que quizá podría haberse tratado de un golpe de aire que abrió la ventana y, ya más tranquilos después de encontrar una respuesta, vuelven a dormir. Logan se acuesta y se siente un poco tonto por haberse quedado dormido en la sala. Su esposa, seguramente, está furiosa y tiene todo el derecho de estarlo. Desde que llegaron a Wundot Hills, él no ha sido comprensivo con ella.

A esa misma hora, Charles entra a su departamento bastante cansado. Ha sido una noche larga y él está goteando. Se quita la ropa deportiva, se pone encima el pijama, mete su muda anterior a la lavadora junto a otras prendas, come un emparedado mientras se completa el ciclo de lavado y luego mete todo a la secadora. Mira el reloj, son cerca de las dos de la mañana. Cuando sale por las noches no se da cuenta del tiempo que transcurre y puede llegar muy tarde.

Mañana tiene que ir a trabajar y esta ha sido una noche larga, se fija en la hora y se sorprende al notar que, a pesar de haber salido más temprano que de costumbre, ha vuelto igual de tarde. Se mete en la cama al lado de su esposa, quien se despierta para darle un beso y volverse a dormir. Es entonces que comienza a sentirse mareado. Su corazón late con prisa y le da vueltas la habitación a oscuras. No puede más y corre al baño para vomitar. Le cuesta mucho seguir viviendo con sus secretos. Después de largar la cadena y caminar, de nuevo, hacia su cuarto, decide escribir en su diario.

Trató, durante un tiempo, de ir a terapia con un psicoanalista. Su esposa y sus hijos nunca se enteraron, pensó que lo verían vulnerable si es que llegaban a saber. Aquel tiempo cerraba la ferretería los viernes al medio día y se iba con el terapeuta. No le podía contar todo, pero al menos le contó sobre su padre y sobre los secretos que guardaba para su familia que lo hacían sentir muy avergonzado. Cada vez que su terapeuta estaba a punto de escuchar más información sobre sus secretos, Charles se ponía a sudar y a vomitar. Fue entonces que el psicólogo le aconsejó a su paciente que descansara de la terapia unos meses y escribiera un diario en el que tratara de contar aquellos secretos. Desde aquel entonces, Charles lleva casi siempre su diario, a pesar de que haya dejado de asistir a terapia. A su esposa le parece muy romántico que lo haga y cree que en él su esposo escribe las cosas que piensa sobre ella, aunque nunca se atrevió a leerlo.

Ahora, muy aturdido, se va a la cocina para escribir. Ahí no molestará a nadie.

"27 de enero

No sé si es Dios quien me acompaña o es el mismísimo diablo. Cuando corro de noche me siento observado, temo que Dios me esté juzgando; cuando me detengo, siento que es mi cómplice. Me siento confundido.

Avanzo en un nuevo proyecto, pero todavía no quiero escribir sobre él. Me da pánico. Al llegar a casa esta noche vomité.

Mi hermosa, mi ángel, mi Grace no sabe nada de nada. Ella es una mujer de un corazón muy noble y le es imposible imaginarse que le escondo cualquier cosa. O tal vez finge. ¿Lo hará? No creo que ella esté fingiendo, ella no es así, ella es sincera y transparente.

Logan es un tipo increíble, pero me desagrada tenerlo tan cerca de mí.

Hoy lo vi mirando por la ventana mientras corría. Me sentí observado, ya no solamente por Dios, sino también por él, y eso me incomodó demasiado. Es un tipo genial… Hace unos días charlamos y pasamos una noche muy agradable. Pero está muy cerca y eso me pone los pelos de punta.

Hice lo que pude para resolver esa sensación."

Deja el diario a un lado y suspira. Cree que, si escribe, sus penas y culpas se irán. Piensa en dar más detalles sobre las cosas para quitárselas de encima, pero no puede. Abre el cuaderno y trata de hacerlo, pero los mareos vuelven. Corre al baño para vomitar. Después de hacerlo, sale y se encuentra con Chris, quien le pregunta si está bien. No le responde, sino que lo atropella y corre hacia la cocina para recoger el diario, no vaya a ser que su hijo lo lea. El chico decide apartarse y se cerciora de que su padre vuelva a su habitación. Al ver que lo hace, se queda tranquilo, así que usa el baño con calma y vuelve a su cama para seguir durmiendo en paz.

Ya en la cama, al señor Peterson le cuesta mucho dejar de pensar. El diario ya está guardado y seguramente nadie podrá leerlo, pero se ha sentido muy amenazado por su propio hijo, y antes se ha sentido observado por su nuevo vecino. Piensa que debe tener más cuidado al andar por el departamento de noche. Tiene que ser más sigiloso y hacer menos ruido al caminar, además que tiene que estar pendiente de los ruidos. No quiere volver a despertar a sus familiares.

No duerme sino hasta que el cielo comienza a clarearse y los primeros pájaros comienzan a cantar. Unas horas después no tiene más opción que irse a trabajar.

Mientras él se alista de mala gana, los Clarks revisan los seguros de todas las ventanas de su hogar y se aseguran de que funcionen bien. Logan, a cierta hora, deja a su esposa y a su hija realizando esta labor mientras él se va al trabajo. María nota que, a pesar de vivir en el séptimo piso, no es muy difícil entrar a su hogar. La cocina es el espacio ideal para introducirse al departamento, pues es el área más alejada de los dormitorios y su puerta se encuentra en el pasillo de entrada, por lo cual desde el comedor tampoco se tiene visibilidad de esta ni posibilidades de escuchar todos los sonidos que provienen de ella. Además, está la escalera de incendios, la cual pasa a pocos centímetros de esta alejada área. Sabe que los arquitectos diseñaron así el edificio por razones estéticas, pero le parece una estupidez que no hubieran pensado en la seguridad.

Antes del mediodía llega un caso a la división de homicidios que llama la atención de Logan. Se trata de un hombre de unos treinta años, al cual todavía no le han encontrado una familia que lo reclame y que, al parecer, ha sido apuñalado por la espalda cerca del parque que se encuentra a seis cuadras de su edificio. Le parece terrible que lleguen tantos casos en un solo día. Piensa que tiene que ver con que es viernes y que ya desde el día anterior la gente se permite beber y perder la cabeza, anticipándose al fin de semana; es entonces que ocurren todos los crímenes pasionales. Piensa en la muerte del marido de Gloria, nuevamente, y de repente comienza a notar una constante un tanto interesante en los casos que maneja. Sonríe maliciosamente y le dice a su jefe que comenzará a investigar ese denominador común. A pesar de que el jefe se muestra un poco escéptico le da el permiso para realizar esa labor, sobre todo para poner a prueba sus capacidades.

10

MARÍA le dijo a Grace lo ocurrido en su cocina la noche anterior y ambas explicaron sus sospechas a sus respectivos esposos. Logan lo creyó posible y prometió investigar. Charles le dijo a Grace que aquello le parecía una tontería porque se encontraban en un barrio residencial bastante seguro. Además, él mismo había llegado esa madrugada a casa sin escuchar ningún motor y sin encontrarse con ninguna persona desconocida en la calle. Ellas se tranquilizaron.

Las cosas para María, desde entonces, no van muy bien. Han pasado varios días de haber dejado su currículum en distintos lugares y aún no la han llamado de ninguno. La situación empeora por el aburrimiento que siente en Blue Lake, aquel barrio tan calmado y sin mucho que hacer. Cocinar o limpiar no son tareas que de verdad disfrute y la ausencia constante de su esposo comienza a molestarle. Kate, por otro lado, se la pasa con Samantha, mientras ella se queda sola en casa.

Cree que está perdiendo la cabeza y que el encierro le está afectando mucho. Algunas noches escucha ruidos en casa, todos vienen de las ventanas, pero nadie más los escucha. Es por eso que piensa que, quizá, esos ruidos, no son más que producto de su imaginación paranóica.

Un día, totalmente cansada de su soledad, decide buscar a Grace. Las pequeñas, después del almuerzo, se han encontrado en el pasillo y luego han ido al jardín del edificio para jugar. Seguramente la señora Peterson está desocupada. No le gusta mucho la idea de entablar una relación de amas de casa con ella, pero si no encuentra algo que hacer va a entrar en crisis. Su vecina le abre la puerta y se alegra mucho al verla. Está vestida de manera sencilla, como siempre; ella, en cambio, lleva unos hermosos pendientes de plata y una camisa violeta. Grace sonríe al verla.

—Hola, María. ¿Cómo estás? ¡Qué bueno verte aquí! Pasa, por favor —le dice, dándole espacio para que entre. María sonríe, entra al departamento y saluda a Grace con un beso en la mejilla.

—Gracias por dejarme pasar.

—Toma asiento.

—Gracias —dice María mientras se acomoda en uno de los sillones del *living*—. ¿No estás ocupada, ¿verdad?

—No, para nada. Las chicas están abajo. Yo estaba viendo una película en la televisión, pero está muy aburrida.

—¡Qué bueno! Vengo a visitarte.

—¡Qué linda sorpresa! —afirma Grace con una sonrisa muy sincera—. ¿Cómo te está yendo, María? Me alegra mucho verte aquí —pregunta mientras le sirve un vaso de limonada.

—Sigo buscando algún trabajo, pero todavía no he encontrado nada —le responde mientras recibe la limonada.

—¿Y cómo te va siendo ama de casa? —Grace hace, sin querer, la única pregunta que María no quiere responder.

—No es lo mío. Hay que ser paciente para eso y a mí me

aburre hasta freír hamburguesas. Tengo muchas ganas de empezar a trabajar de una vez. ¡Estoy perdiendo la cabeza!

—Pero no tienes que quedarte encerrada todo el día —le dice Grace mirándola a los ojos—. A veces, cuando el clima está agradable, yo salgo a dar una vuelta con Samantha, incluso Kate nos acompañó un par de veces. Sé que parece un poco aburrido, pero una se acostumbra y hasta le encuentra la diversión.

—Tienes razón —afirma María. Después las dos se quedan en silencio hasta que ella decide sincerarse con Grace. No la conoce muy bien, pero tienen ciertas afinidades y las separa nada más un pasillo—. ¿No temes que Charles te mienta?

—Tenemos una relación muy buena y nos contamos casi todo —asegura Grace un poco sorprendida—. ¿Por qué lo preguntas?

—Es que… ¿Sabes? Desde que nos mudamos aquí se me hace muy difícil confiar en Logan. Es como si tuviera una vida secreta que yo desconozco por completo.

Grace siente una pequeña satisfacción al ver a esa mujer tan hermosa sintiéndose vulnerable, le sube un poco la autoestima poder ser ella quien le dé consejos matrimoniales a su vecina. Al mismo tiempo, siente empatía por ella.

—¿Y antes era así, María?

—¿Cuándo yo también trabajaba?

—Sí.

—No. Y es que en ese entonces yo tenía mi propio espacio, compartía tiempo con otras personas y… ya sabes… me distraía.

—¿No crees que solamente se trata de tu mente? —pregunta Grace en un tono serio pero comprensivo—. Es decir, Logan parece un tipo bastante serio y confiable. Yo no me preocuparía.

—Es que ahora lo llamo y él evade mis conversaciones. Es como si se sintiera mucho más cómodo lejos de mí que conmigo.

—Ten paciencia, María. Necesitas distraerte un poco, encontrar en qué ocupar tu mente.

—¿No te sientes igual con Charles?

Se hace un silencio.

Grace reflexiona un poco sobre su relación y se da cuenta de que a veces tiene sensaciones parecidas a las de María. Charles va a trabajar todos los días a la ferretería y ahí conoce gente de todo tipo, seguramente con algunos clientes hasta llega a entablar alguna relación. Ella, mientras tanto, se queda en casa cuidando de los chicos y sin hablar con muchas más personas.

—Nunca, María. Nunca siento eso con mi esposo —miente Grace—. Tal vez algunas veces —se corrige a sí misma—. Confío en él, no me malentiendas, pero a veces sí dudo.

Las dos se quedan mirándose en silencio hasta que María se acuerda de su hermana Gloria y sus sospechas sobre la infidelidad de su difunto esposo.

—Grace, tengo que hacerte una pregunta.

—Dime —dice con preocupación Grace.

—¿Cómo sabían ustedes sobre la amante de mi cuñado?

—En realidad Charles…—Grace se queda pensativa. ¿Por qué su esposo sabía sobre ella? —. En realidad fue Charles quien me lo dijo.

—¿Era muy amigo del esposo de mi hermana?

—En realidad no —dice Grace mirando el suelo.

María nota que su vecina está frustrada, por lo que comienza a hablarle de sus sospechas sobre Logan y escucha con atención lo que ella le dice sobre Charles. La conversación les sirve para desahogarse un poco y se extiende por más de una hora. Después de que terminan de contarse todas sus sospechas, la señora Clarks siente que puede confiar en su nueva amiga. Es así que decide contarle algo que no le ha dicho a nadie y que le preocupa.

—Grace. ¿Tú sueles escuchar algo extraño en el edificio?

—¿Algo cómo qué? Es decir… Escucho a la señora Smith gritar todas las mañanas, pero además de eso, no.

María sonríe y baja la cabeza un poco avergonzada. Responde cabizbaja y sonrojada.

—No, no, no… Me refiero a… ¿Te acuerdas de los ruidos que te conté que escuchamos Logan y yo aquella noche que forzaron la ventana de la cocina?

—Sí.

—Los sigo escuchando. Aunque Logan dice que él no los oye.

—¿Te preocupa la seguridad del barrio?

—Sí, por un lado. Pero también está la duda de que estos sonidos sean reales o sean producto de mi mente —confiesa avergonzada María.

—Debes ir a un psiquiatra —bromea Grace.

—No hagas esos chistes. Estoy muy asustada.

—Lo siento, María —afirma Grace en tono comprensivo.

Ambas se miran silenciosamente durante unos segundos. María se pone nerviosa, comienza a sudar un poco.

—Es raro lo que te voy a confesar, Grace.

—No importa. Dime.

—Tengo una tercera sospecha sobre estos ruidos que escucho.

—¿Qué tan grave puede ser?

—No es que sea muy grave. He pensado en decírselo a Logan, pero las pocas veces que pasamos tiempo juntos prefiero hablar de cosas agradables. Las cosas entre nosotros, como ya te he dicho, se han puesto muy difíciles desde que vinimos a vivir a esta ciudad.

—Cuéntamelo a mí primero. Yo te diré si a mí me parece demasiado alocado. —Le guiña un ojo después de decirle esto. María suspira y se queda dubitativa.

—¿Crees en los fantasmas? —pregunta María mirando el suelo.

—¿Crees que se trata del fantasma de tu cuñado?

—Sí. ¡Estoy completamente loca, ¿verdad?!

—No, no. Para nada. Es muy normal que pienses eso.

—Es que… No lo sé. No te voy a mentir. Me encanta esta ciudad, me gustan muchísimo sus calles, me siento bastante cómoda en el edificio y soy muy feliz con la cercanía que tenemos al lago. Pero algo no anda bien con mi departamento. ¡Es bellísimo!, pero no me siento 100% cómoda.

—No te juzgo, María. Creo en los sucesos sobrenaturales. Dime, ¿Kate escucha los ruidos?

—Algunas noches.

—Entonces tienes que descartar de una vez la sospecha de que te estás volviendo loca.

—Es verdad. Creo que le comentaré a Logan mis sospechas.

—Hazlo. Quizá él descubra que nuestra teoría sobre los ladrones que forzaron la ventana sean ciertas. Y si esas personas merodean por aquí, hay que atraparlas.

Esa noche María es despertada de su sueño por un ruido muy fuerte. Cuando abre los ojos y mira al costado nota que su esposo se ha levantado de la cama. Asustada, se pone de pie y se dirige al lugar del que cree que proviene el sonido. Camina con precaución, un poco asustada. Entonces, en la puerta del baño de visitas, ve a Logan con un bate de béisbol en la mano.

—¿Escuchaste los ruidos? —le pregunta a su esposo todavía un poco asustada.

—Sí, pero creo que se trataba del sonido de tus pasos, mi amor —afirma él dejando el bate de béisbol en el suelo.

—No me mientas, Logan. Cuando desperté ya no estabas.

—Vine al baño. Fue después que tomé el bate de béisbol porque escuché el ruido de tus pasos.

—Está bien. ¡Vamos a dormir! —le dice María a su esposo. Pero no termina de entender por qué le miente. Él nunca usa el baño de visitas.

11

EL MIÉRCOLES 14 de febrero Logan llega al trabajo y se encuentra con nueve casos sucedidos en la madrugada, como si algún alma hambrienta de desgracia y muerte hubiera salido la noche del martes 13 para cazar. Lo que le preocupa mucho, pero le da una pauta más para su investigación, es que, de aquellos casos, cuatro han sucedido en Blue Lake a horas muy cercanas. Uno de sus compañeros revisa esos datos y se hace la burla alegando que, seguramente, los vampiros decidieron hacer un tour de cacería. Otra cosa que llama la atención de Logan es que esas cuatro víctimas han sido asesinadas de la misma forma.

Una de las mujeres que trabaja en la división de homicidios cree que Logan está un poco loco, pues está obsesionado con encontrar detalles extraños en todos los casos que les llegan. Busca un punto en común entre todas las víctimas; cosa que hasta ahora no ha encontrado pero que sigue empeñado en buscar. Ella dice que es un tipo que trabaja muy bien, pero que apenas halla alguna cosa que pueda relacionar a una víctima con otra, pierde un poco los cabales y realiza conjeturas muy raras e inservibles. Hace unos cuantos días, por ejemplo, encontró una constante entre tres víctimas. Los tres vivían en el mismo barrio, Blue Lake, y frecuentaban el mismo prostíbulo. En la oficina desecharon ese dato como importante porque los asesinatos de estos tres hombres se habían suscitado en otros lugares. Uno a la puerta del prostíbulo, otro frente a una tienda de revistas y el otro en el puente que conecta ese barrio con el centro de la ciudad.

¿Por qué tantos sucesos raros en Blue Lake? ¿Qué tiene ese lugar de especial? Una respuesta posible sería que es gente de dinero la que habita ese lugar, pues es un barrio en donde la vivienda es bastante cara. Pero esa idea puede quedar descartada si se comparan los ingresos económicos de las personas asesinadas con el de otros. ¿O serán malvivientes que matan a sus víctimas enterándose, después, de que en realidad no llevan tanto efectivo como ellos creían? ¿Cuál será la razón para que esa tranquila zona residencial a orillas del lago se llene de muertos? Muchos de los casos son descartados como asesinatos y la policía alega que se trata de accidentes, pero Logan está seguro de que no es así. Piensa en los ruidos que él también escucha en el departamento, aunque se lo niega a su esposa, y cree que hay algo más en el lugar en donde vive. No se lo comenta a ninguno de sus colegas, pues lo creerían más loco de lo que ya lo creen.

El jefe de la división de homicidios revisa las conjeturas que hace Logan Clarks y, a pesar de no confiar absolutamente en él, lo deja seguir con sus investigaciones. Piensa que quizá todas esas rarezas lleguen a una conclusión creíble e interesante. Mientras tanto, Logan sigue atando cabos y haciendo anotaciones extrañas en su libreta y en hojas sueltas. Cree que existe un asesino, un solo asesino que ataca a todas las víctimas de Blue Lake. Sospecha, por el perfil de las víctimas, que se trata de una mujer. Todos son hombres mujeriegos a los que les gusta bastante asistir a prostíbulos caros o a clubs de *strippers*.

El caso de Syd le da vueltas en la cabeza. ¿Por qué habría ido después de la pelea a su lancha? ¿Por qué no optó por ir a una discoteca o a un bar? ¿Qué hacía solo en una noche de invierno paseando en su lancha?

Logan se da cuenta de que el perfil de los hombres asesinados en Wundot Hills es muy similar. Mujeriegos y adictos a la diversión nocturna. ¿Será una prostituta enamoradiza la que realiza estos asesinatos? ¿Una mujer despechada? ¿Una ama de casa cómplice de todas sus amigas enamoradas de estos viciosos? Logan tiene varias sospechas, pero todas ellas lo llevan a pensar en una asesina, una mujer. Piensa en Syd. Casado pero infeliz, infiel, poderoso económicamente y un poco alcohólico. ¿Sería su amante la criminal? ¿Se iría a la cama con todos los hombres de aquel barrio y luego, despechada y enamorada, los mataría? Quiere preguntarle a Charles quién es la muchachita y anota el dato en su libreta.

Hoy se siente bastante confundido con los hechos, y es que es sumamente extraña la coincidencia de que un martes 13 tantas víctimas sean asesinadas. ¿Cómo puede morir tanta gente de forma sospechosa en una sola noche? Piensa en la posibilidad de que los crímenes de la noche anterior hayan sido cometidos por alguna persona con ciertas inclinaciones satánicas, o, quizá, por una secta religiosa. Lo que no le termina de cerrar es la similitud de los perfiles de estos hombres con los perfiles de víctimas anteriores, incluso con el perfil de su propio cuñado.

Se acuerda de los ruidos y de María imaginando que está loca, siente algo de lástima por ella, pero tiene que protegerla y para eso es necesario mentirle un poco. Luego piensa en Gloria. La última vez que hablaron por teléfono, ella no paraba de decirle lo arruinada que estaba por culpa de Syd, jadeaba en vez de respirar y no dejaba de quejarse. ¡Qué terribles las desgracias del último tiempo para su familia! Por suerte, la pequeña Kate, que es la más vulnerable por su edad, está completamente feliz.

A unos kilómetros de la oficina de homicidios de la policía de Wundot Hills, Charles atiende a un montón de clientes. Algo ha sucedido el día de hoy, está teniendo muchas más ventas que de costumbre. Siente como si hubiera hecho un pacto con el diablo para tener tanto éxito y sonríe pensando en la casualidad de que ayer fue martes 13. Sus hijos estaban muy asustados, pues la noche estaba más oscura de lo normal y la brisa del lago golpeaba con más fuerza la ventana de la sala. Samantha charlaba con su madre sobre las cosas que le había contado Kate, sobre los fantasmas que escuchaba. Grace trató de indagar un poco más al respecto, pues no le parecía sano que María le dijera a su hija que los ruidos que ambas escuchaban en el departamento provenían de fantasmas. Se alivió cuando se enteró que Kate estaba espiando una conversación de sus padres y fue por eso que se enteró. Charles miraba la noche y se sentía atraído por aquella ventisca infernal. Ahora se imagina que al sentir esa brisa hizo un pacto con el diablo.

Charles no es supersticioso, pero le parece que la gente está predispuesta a ciertas cosas cuando es supersticiosa, por lo que le parece bastante lógico que sucedan cosas horrorosas en martes o viernes 13, o en la noche de Halloween. Es como si la gente se preparara para recibir a los malos espíritus y doblegarse ante ellos. Recuerda, por ejemplo, que una noche de Halloween una gran lluvia, que era muy extraña para aquellas fechas, hizo que el lago se desbordara y muchas de las casas se inundaran. Algunas personas decían que un ente maligno había tomado el cuerpo del agua para hacerles daño a los habitantes de Blue Lake.

Gloria, muy interesada por los orígenes de todas las cosas, había investigado una vez sobre el barrio en el que vivían. Ella, siendo muy supersticiosa, decía sentir unas energías muy extrañas y sobrenaturales en aquel lugar y necesitaba encontrarles alguna explicación. Fue después de aquel Halloween en el que el agua casi se la lleva, pues ella estaba disfrazada dando vueltas por el barrio, que puso manos a la obra. Encontró cosas bastante interesantes revisando en periódicos antiguos. Aquel lugar tenía otro nombre antes, Wicked Lake, y la gente de la ciudad, cuando la ciudad era todavía solo un poco más grande que un pueblo, pensaba que esa zona estaba maldita. Es por esa razón que nadie había tocado esos terrenos hasta los ochentas, en los que un millonario había comprado la zona entera para construir edificios. De hecho, fue ese mismo millonario quien le cambió el nombre a la zona para hacerla más atractiva.

¿Por qué Wicked Lake era la zona embrujada de Wundot Hills? ¿Qué era lo que la hacía especial, sombría? Cuenta una leyenda que a orillas de ese lago muchos de los nativos antiguos habían realizado sacrificios humanos, porque creían que las aguas del lugar estaban vivas y que requerían ser alimentadas para no desatar su furia. Es por eso que, según Gloria, la gente que vive en el ahora llamado Blue Lake tiene cierto derecho a enloquecer un poco. Cree que ella misma ha perdido la cabeza después de habitar esa zona por tanto tiempo.

Seguramente a Logan le encantaría escuchar la historia de ese barrio, quizá podría conjeturar algunas otras cosas, como que la persona que asesina a hombres inocentes en aquel lugar lo hace por simple gusto de ver sangre correr, porque el lago la ha enloquecido. Pero por desgracia Gloria nunca ha contado sobre sus investigaciones a nadie. A veces se mira al espejo y se siente poseída, pero prefiere guardar esas ideas para ella misma porque le parecen muy alocadas. Cree que, posiblemente, fue eso lo que le ocurrió la última noche que peleó con Syd y en la que ella, después de que su marido salió de la casa, perdió el conocimiento caminando por las calles.

~

Al anochecer de aquel miércoles 14 de febrero, Charles pierde los estribos después de haber atendido a tanta gente. Llega a casa con un humor terrible, está muy enojado. Ni Grace ni sus hijos lo han visto así desde hace mucho tiempo, por lo cual les extraña bastante. Samantha quiere jugar con su padre, pero él, por su estado, se opone haciendo llorar a la niña. La pequeña se gana un regaño que la hace llorar aún más. La señora Peterson se siente completamente agobiada por el estado anímico de su esposo, no le gusta verlo así.

Cenan todos en silencio absoluto, sin decir una sola palabra. Charles come con furia. Hoy ha tenido un día realmente pesado y, además, anoche no ha dormido lo suficiente, por lo que está doblemente cansado. Pero eso no es lo peor de todo. Lo que más rabia le hace sentir es una cosa ajena al conocimiento de la familia, por lo que ni los niños ni Grace van a poder reparar ese mal humor que hoy tiene papá. Llega la hora de acostarse y tanto Samantha como Chris se van a la cama rápidamente para no escuchar los regaños de su padre. Cuando está con ese humor, le temen bastante. Charles se queda en la cocina y le dice a su esposa que vaya a acostarse, ella obedece.

Después de unos minutos a solas no puede más con la presión que siente. Saca su diario y comienza a escribir como loco. Llena las páginas sin darse cuenta y al terminar de hacerlo cierra el cuaderno y se va a acostar al lado de Grace. Por fin encuentra un poco de paz en la cama y se duerme rápidamente. Sueña con su padre en llamas, suplicándoles salvación a sus hijos y a su mujer. En el sueño, Charles se ríe de él y le pisa los dedos machucándolos un poco cada vez que el tipo logra sacar las manos del fuego. Grace se da cuenta de que su esposo tiene pesadillas y se siente desgraciada. Nunca antes había sentido tanta impotencia.

1 2

EL JUEVES por la mañana Grace se levanta después de haber pasado una noche muy larga. Toda la noche se entretuvo con sus cavilaciones respecto a su esposo y no pegó el ojo. Está bastante cansada y, además, muy agobiada. Hace las cosas sin muchas ganas, no se siente motivada el día de hoy. Sus hijos se alistan para ir a la escuela, todos desayunan juntos, Charles saca el auto, lleva a los chicos para luego irse a la ferretería y ella, como todas las mañanas, de nuevo se queda completamente sola con la casa desordenada.

Casi a las diez de la mañana alguien toca el timbre del departamento, y Grace, que estaba doblando ropa, se sobresalta. Al abrir ve a María, quien está desarreglada, lo cual no es habitual.

—¡María! ¿Qué te ocurrió? —pregunta Grace sin ocultar su asombro.

—Los ruidos de nuevo. Y… y… y Logan despertó hoy muy raro —dice mientras entra al departamento de los Peterson sin invitación alguna. Grace, preocupada, la deja pasar—. Habló por teléfono con alguien, logré escuchar algo de lo que decía. Era… era… algo sobre unos maleantes, sobre unos asesinos. ¡Creo que estoy enloqueciendo!

—Es muy normal que tu esposo hable de maleantes. ¡Es policía! —afirma Grace sin comprender la preocupación de su amiga.

—Creo que su conversación tiene que ver con los ruidos. ¿Por qué me está escondiendo cosas, Grace? No lo comprendo —afirma María con voz temblorosa y agitada.

—Hablemos con calma. Te traeré un vaso de agua —le dice mientras se dirige a la cocina. Poco después vuelve con lo prometido. María toma el vaso entre sus dos manos que no dejan de temblar—. ¿Hablaron del tema?

—¿Sobre los ruidos?

—Sí.

—Dice que imagino cosas y que sugestiono a Kate para que ella también las imagine. Me dijo que deje de hablar de ese tema, porque no tiene sentido y porque no le hace bien a nuestra pequeña escucharme decir locuras —afirma con un tono de preocupación María.

—Entonces él no los escucha…

—La noche anterior me lo encontré merodeando por el departamento con un bate de beisbol —dice María, cortando a Grace—. Dime, ¿tú crees que solamente quería pasar el rato? Se excusó diciéndome que mis pasos lo habían hecho asustar; pero no le creo nada, Grace. Absolutamente nada.

Grace se queda mirándola pensativa, luego voltea hacia la ventana, como si fuera a encontrar ahí una respuesta, y le da la razón.

—Es muy raro, María. Muy, muy raro. ¿De qué crees que se trate? Es que… —Grace refunfuña mostrándole empatía a su vecina—. No puede tratarte como una loca que imagina cosas.

—No sé qué hacer. Todo es muy confuso para mí.

Grace se queda mirando silenciosamente, y con muchas cosas dándole vueltas en la cabeza, a su amiga que no puede dejar de temblar, hasta que se le ocurre una idea brillante.

—Tienes que espiar a tu marido. —María abre los ojos y mira fijamente a Grace—. Sí, María. Te está escondiendo algo y no te lo va a decir. Tienes que descubrirlo.

—¿Crees que sea tan imprudente como para esconderme algo que afecta a la seguridad de nuestro hogar?

—No lo sé, es posible. Los hombres tienen ideas extrañas.

Las dos mujeres se quedan en silencio mirándose. María se muestra un poco exaltada, pero menos asustada. Ha dejado de temblar y ya no siente que salga sudor helado de sus poros. Grace se ve dubitativa y taciturna. Cada una se escabulle un rato en sus propias cavilaciones hasta que María corta ese silencio.

—¿Cómo te va a ti, Grace? Disculpa por preguntarte tan tarde. Necesitaba desahogarme un poco y estaba muy tensa. Tenía que hablar rápido.

—Te entiendo, María —afirma Grace con sinceridad—. Aquí en mi casa no escuchamos ruidos, pero hay días en los que Charles se pone muy raro. No entiendo por qué últimamente sus extrañezas me causan malestar, pero así es y no hay nada que pueda hacer para controlar mis pensamientos.

—¿Tienes alguna sospecha de él?

—No lo sé. A veces pienso en otras mujeres. Pero luego pienso que estoy loca.

Ambas se quedan en silencio mirándose mutuamente. Están pasando por momentos un poco incómodos en sus relaciones matrimoniales y tienen que apoyarse. María sonríe por lo irónica que es la vida, pues se da cuenta de que se ha metido a jugar el papel que no quería: el de la ama de casa que corre a contarle sus penas a la ama de casa vecina. Grace nota su sonrisa y se siente un poco juzgada.

—Crees que estoy loca, ¿verdad?

—Para nada, Grace. Para nada. ¿Sabes qué estoy pensando?

—¿Qué piensas?

—Qué deberíamos investigar un poco a nuestros maridos. Los dos andan muy raros.

—¿Crees que pasó algo la noche que salieron juntos?

—No sé, Grace. Creo que no tiene nada que ver aquella noche con las cosas que ahora están pasando.

—Doy vueltas y vueltas sobre el asunto y...

—¡Vamos a investigarlos! —al decir esto María le guiña el ojo a Grace y ella le responde con una sonrisa un poco desganada pero sincera.

Lo que ninguna de las dos sabe es que, mientras ellas charlan en el *living* del departamento de los Peterson, Logan y Charles tienen una conversación por celular. Logan ha llamado a su vecino para recolectar un dato importante para su investigación: el nombre de la chica con la que Syd salía. La señal, al parecer, es intermitente y no pueden tener una buena conversación, por lo que Logan decide anunciarle a su amigo que pasará en la noche, después de la cena, por su departamento para charlar un rato. Luego de eso cuelga. El resto del día en la ferretería pasa con lentitud. ¿Qué va a preguntarle Logan? ¿Qué tiene que responder al respecto? ¿Por qué tiene que seguir hablando sobre esa muchachita y por qué tiene que seguir entrometiéndose en los asuntos de Syd y de Gloria? Además, ¿cómo es que Logan está al tanto de que él sabe sobre esa muchacha? Esa tarde la ferretería tiene pocos clientes. Charles fingió una llamada defectuosa para no tener que responder las dudas de Logan, pero eso solamente empeoró las cosas.

Al llegar a su departamento, Charles se mete a su habitación pretendiendo quedarse encerrado ahí durante toda la noche. Su mujer lo llama para cenar y él le dice que siente mucho dolor de estómago por lo que no comerá. Grace, que sigue muy sensible por las inseguridades que siente sobre su esposo, se enoja mucho y entra a la habitación. Se nota en sus ojos la furia que siente. Le informa a su marido que tiene que sentarse a compartir con su familia así no le agrade la idea y él, asustado por su comportamiento, hace caso. En la cena comienza el interrogatorio.

—¿Hoy irás a correr, Charles? —pregunta Grace.

—No. Creo que hoy no. No me siento muy bien.

—¿Te comiste la comida que te mandé hoy, amor?

—Sí.

—Entonces no entiendo qué es lo que te hizo daño, porque no preparé nada que sea muy fuerte para tu estómago —afirma Grace algo enojada. Los niños se limitan a mirar a sus padres sin dar ninguna opinión.

—Yo tampoco sé qué es lo que me hizo mal.

Se hace un silencio incómodo en la mesa. Pronto Grace vuelve a regañar a su marido.

—¿Te has dado cuenta, Charles, de que últimamente estás mucho más débil? Tienes que revisar tu alimentación. ¿No estarás comiendo otras cosas, verdad? —dice Grace con un tono cortante. Antes de que su esposo se anime a responderle suena el timbre del departamento. Ninguno de los cuatro se mueve; entonces, vuelve a sonar.

—¿Puedes ir a abrir, Charles? Eres el único que no está comiendo nada y, por lo tanto, tienes las manos libres.

Charles le hace caso a su esposa. Cuando abre la puerta se encuentra con su vecino.

—¿Cómo estás, Charles?

—¡Logan! Disculpa que no haya podido atender bien tu llamada. Había mucha interferencia.

—Sí. Pero bueno. ¿Puedo pasar? ¿O prefieres que nos reunamos en mi departamento?

—Justo estamos cenando…

—Disculpa mi impertinencia.

—No te preocupes. Te invitaría a pasar, pero…

—¿Quién es, Charles? —grita Grace desde la cocina, donde había ido a buscar el postre que compartirían en la cena.

—Es Logan.

—¡Qué bueno! Dile que pase.

Charles invita a pasar a su vecino con señas. Oculta el rostro para no mostrar la expresión de resignación que tiene. Grace sirve un plato extra y acomoda otro lugar más en la mesa de la cocina, Logan agradece la atención de su vecina. Se da cuenta, después de pasar, de que su amigo no está comiendo absolutamente nada, pues no tiene plato en su lugar.

—¿Estás bien, hombre? ¿O de nuevo estás con esos dolores de estómago que tanto te aquejan?

Charles sonríe tímidamente. Grace le explica a Logan que su esposo no se está cuidando lo suficiente y que, por eso, está sufriendo bastante de salud. Después comienzan a charlar sobre la importancia de una buena alimentación, conversación que el señor Peterson y sus hijos escuchan en absoluto silencio. Los tres se sienten amedrentados, indirectamente, por la madre de la familia. Cuando terminan de comer, Grace pide permiso para retirarse, se lleva a sus hijos y les dice a los dos hombres que los dejará charlando tranquilos.

—Charles. Qué pena arruinar así tu cena familiar. Pero quisiera que me dieras el dato que te pedí por celular. ¿Llegaste a escuchar mi petición? —dice Logan cuando el resto de la familia se ha retirado hacia sus respectivas habitaciones.

—No, no —dice Charles escondiendo su rostro entre sus manos.

—Necesito el nombre de la chica a la que frecuentaba Syd.

—Es que yo no la conocía, no sé su nombre.

—Mi esposa me dijo que tú sabías sobre ella —dice Logan.

—Sí. La vi un par de veces de la mano de Syd, pero no la conocía.

—¿Puedes describírmela? Estoy investigando el caso.

Charles se pone muy nervioso. Le sudan las manos. Logan, en cambio, se ve sumamente cómodo.

—¿Para qué investigas un caso que ya se cerró, Logan? —pregunta Charles.

Logan carraspea y mira fijamente a su vecino. Mira hacia los costados cerciorándose de que ni los chicos ni Grace estén husmeando por ahí.

—Tengo muchas cosas que contarte, Charles. Eres mi amigo y necesito charlar con alguien. —Charles sonríe al escuchar la afirmación, entonces Logan continúa—. He estado encontrando ciertos huecos en la historia que la policía inventó para explicar la muerte de Syd. —Charles lo mira fijamente, sus manos tiemblan y sudan. La sonrisa se borra de su rostro. No quiere volver a saber nada respecto a ese infeliz de Syd—. Así que necesito tu ayuda, por favor.

—¿Qué cosas más tienes que contarme? —pregunta Charles para desviar la conversación.

—Muchas cosas. Mi esposa… mi esposa cree que hay fantasmas en la casa, que el espíritu de Syd anda vagando por ahí.

—¿Y por qué cree eso? —dice Charles un poco nervioso.

—No lo sé. —Logan se acerca a su amigo para susurrar

—. No quiero que Grace nos escuche. Te cuento eso después. Ahora dime lo que sabes respecto a la muchacha.

Tal y como Logan sospecha, Grace está con la oreja pegada a la puerta de su habitación tratando de captar todo lo que puede de la conversación. Está muy decidida a espiar, no solamente a su marido, sino también al marido de María. Escucha su nombre entre susurros sin llegar a entender qué es lo que dicen de ella. Se aleja de la puerta, por si acaso, y finge buscar algo, por si su marido entra. Entonces, entre los calcetines de su esposo, halla una llave que nunca había visto, es pequeña y dorada.

Charles se rasca la cabeza mirando al techo.

—Está bien. Era una chica de cabello negro, no llegué a ver bien cuánto medía, tampoco podría calcularlo. Su rostro era un poco pálido y, las dos veces que la vi, tenía los labios pintados con un labial muy, muy rojo.

—¿Era gorda, flaca?

—Normal —dice Charles con cierto desgano. —Pero muy bien formada. Caderas grandes, cintura pequeña y senos grandes. La vi, ambas veces, con ropa ceñida al cuerpo.

—¿Color de ojos?

—No lo sé. Creo que claros —afirma mientras mira el techo.

—Te detuviste en su escote —le dice Logan con un tono burlón y guiñándole un ojo. Charles lo mira inexpresivo durante unos segundos hasta que la sonrisa de Logan desaparece.

—Eso es todo lo que recuerdo de ella —afirma Charles.

Los dos hombres se quedan en silencio. Logan le propone a su amigo ir por unas cervezas para así poder conversar con más tranquilidad. Ambos se ponen de pie, se abrigan, Charles se despide a gritos de su familia y se van. Cuando Grace los escucha irse vuelve a perderse en sus cavilaciones respecto a su marido. Después de un rato, ve la llave y se da cuenta de que, quizá, con ella pueda abrir el cajón del velador de su esposo.

Durante todo el camino hacia el bar, Logan habla sin parar acerca de las conjeturas que ha estado realizando sobre el asesinato de Syd. Ya en el lugar se piden un par de cervezas. Charles no habla mucho, simplemente se limita a decir las cosas necesarias. A Logan no le molesta porque sabe que su vecino es algo retraído. Logan empieza a contarle todo sobre sus problemas con María.

—¿Crees en los fantasmas, Charles?

—No sé. Creo que hay energías, cosas extrañas cuya naturaleza no podemos explicar. ¿Por qué no atribuirlas a fantasmas?

Ambos se quedan mirándose, Charles parece querer evadir miradas y Logan se muestra pensativo.

—Es que… es que… es difícil entender a María. Ella no creía en esas cosas, pero comenzó a creer.

—¿Por qué dices que lo cree?

—¿Te acuerdas de esa vez que fue a contarle a Grace que habíamos escuchado ruidos en la noche?

—Sí.

—Pues… Los ruidos continuaron. Ella cree que se trata de fantasmas. Más concretamente, ella cree que se trata del espíritu de Syd.

—¿De verdad cree eso? —pregunta Charles sintiendo como su frente se llena de sudor.

—Sí.

—¿Y tú qué le dijiste sobre eso?

—Que es algo imposible… que… que… —Logan se lleva las dos manos a la cara y comienza a frotarse el rostro. Charles le pone una mano sobre el hombro.

—¿Qué pasa? ¿Por qué te agobias tanto, amigo?

—Debo confesarte algo, Charles.

Suspira, se quita la mano de su amigo del hombro y se echa para atrás con calma, retrasando su confesión. Charles se pone muy nervioso. Sus manos comienzan a sudar de nuevo. No le gusta que lo mantengan en suspenso y Logan no está llegando al punto.

Mientras tanto Grace, en el departamento, se asegura de que sus hijos estén acostados y a punto de dormir, no quiere intromisiones. No sabe qué puede encontrar en ese cajón e imagina lo peor.

Logan se toma su tiempo. Levanta su cerveza, bosteza, se rasca la cabeza y se queda mirando fijamente a su amigo. Charles está a punto de sufrir un ataque nervioso.

—¿Qué es lo que me tienes que confesar, Logan? —le insiste sin mirarlo a los ojos.

—Creo que ellas tenían razón en cuanto a los ladrones.

—¿Por qué? ¿Han desaparecido objetos de valor en tu departamento? ¿Has visto algo?

—Tranquilo amigo. Si mis sospechas son reales, tu departamento y tu familia están a salvo.

Charles comienza a tronarse los dedos mientras mira al piso. No entiende de qué habla su vecino y no comprende las razones de sus conjeturas.

—No te entiendo, Logan —le dice desesperado por obtener más información.

—Nada ha desaparecido de mi hogar, por lo que no sospecho, en realidad, de ladrones. En realidad, sospecho que se trata de otra cosa. Es decir, alguien se mete a mi casa. Estoy casi seguro de eso, pero no roba, nunca se ha llevado nada.

Se hace una pausa larga. Charles espera que su vecino siga explicándole sobre sus sospechas. Entonces vuelve a hablar.

—Dime algo, Charles. ¿Crees que mi cuñada está loca?

—¿Gloria? —pregunta Charles con la voz quebrada y nerviosa.

—Sí.

—No lo sé. No la conocí tan bien. —La conversación que Charles no quería tener ha llegado. ¿Pronto hablará de Syd?

—¡No seas discreto, hombre! ¡Estamos entre amigos! —le dice Logan dándole una palmadita en el hombro. Charles comienza a sentirse mareado a pesar de no haber tomado ni la cuarta parte de su cerveza.

—Es en serio, Logan. Nunca traté demasiado con ella.

—Pero algo puedes decirme de ella. No se lo diré a mi esposa —afirma Logan guiñando un ojo.

—¿Por qué me lo preguntas?

—Tengo… Charles… tengo ciertas sospechas. Las compartiré contigo porque te considero un buen hombre y has llegado a caerme bastante bien. Siento que podemos conversar de muchas cosas.

—¿Crees que Gloria está loca?

—Sí. Y la cosa se pone aún peor, hombre.

—¿Por qué?

—Tengo dos grandes sospechas respecto a esa situación de los ruidos en mi departamento.

—¿Cuáles?

—Bueno, acabo de contarte sobre mi sospechosa número uno en cuanto al asesinato de Syd: su amante, ¿verdad?

—Sí.

—Tengo otra gran sospechosa. Me cuesta convencerme de ello; pero algunas pistas y los testimonios que tengo guardados de ella en la policía me llevan a ficharla.

—¿Hablas acaso de Gloria? —pregunta Charles con cierto asombro. Sus manos sudan. No quiere hablar del tema, no quiere recordar a sus antiguos vecinos.

—No se lo digas ni a María ni a Grace. Pero sí.

—Es terrible tu sospecha, Logan.

—Lo sé. Pero se pone peor.

—¿Por qué?

—Una de las dos, creo, está entrando a mi casa. ¿Sabes? Voy a llegar al final del asunto, así las respuestas que encuentre sean demasiado dolorosas.

Charles tiembla y se le eriza la piel. Todo.a su alrededor se hace borroso y le viene un fuerte dolor de estómago. No puede responderle a Logan y él no nota los retortijones estomacales que está sufriendo su amigo, se mantiene distraído, perdido en sus pensamientos y en sus palabras.

Después de acostar a los niños y asegurarse de que estén a punto de dormirse, Grace se mete en la cama. Quiere relajarse un poco antes de abrir el cajón, sabe que lo que encuentre ahí no le gustará.

En el bar, Logan sigue divagando sobre sus sospechas, ignorando las dolencias de Charles. Entonces rompe el silencio para continuar explicándole a su vecino lo que piensa.

—No le digas a María que pienso esto, por favor. Es que me parece que Gloria no es una mujer muy estable, siempre lo he pensado así. Además, cada vez que me hablaba de la desaparición de su marido se ponía muy nerviosa y no podía pronunciar con claridad las palabras. Una vez, ya más calmada, me dijo que ella había estado vagando por las calles de Wundot Hills toda esa noche, dijo lo mismo en las declaraciones. Obviamente, la policía, al ver a una mujer indefensa y con un historial de un marido golpeador, desvió todas las sospechas respecto a ella.

—¿En serio? —pregunta Charles sudando.

—Sí. ¡Es terrible! Ojalá no descubra que fue ella la asesina, me sentiría terrible. Tú viviste frente a ellos mucho tiempo. ¿Qué opinabas sobre Syd?

—Es difícil decirlo —afirma Charles. No quiere hablar de los gritos que escuchaba ni de las golpizas que el tipo le proporcionaba a Gloria.

—¡Anímate! Dime, ¿cómo veías esa relación? Para mí hay muchas cosas que no cierran. ¿Por qué nunca tuvieron hijos? ¿Acaso Gloria se casó por dinero?

—No lo creo —afirma Charles mientras suda.

—Sé que el tipo era adicto a la bebida y a los juegos de azar, aunque los últimos años trató de alejarse de estos últimos; pero me parece que Gloria se casó por dinero —dicho esto lanza un suspiro y apoya su cabeza sobre ambas manos. Charles lo mira de reojo con bastante nerviosismo. La conversación lo incomoda bastante—. ¿Sabes qué es lo peor? —le pregunta Logan.

—¿Qué? —pregunta con interés Charles.

—Tengo miedo de que sea ella quien entra a nuestro hogar en las madrugadas. —Mira a Charles al decir esto, buscando complicidad—. Conoce el lugar a la perfección, incluso sigue guardando una copia de las llaves del departamento.

Charles toma un sorbo de cerveza sin saber qué decir. Los retortijones se hacen más fuertes y ni siquiera así Logan los nota.

—¿Crees que ella sea capaz de hacer eso? ¿Por qué lo haría? —pregunta Charles disimulando su incomodidad.

—Creo que no está en sus cabales. Temo por la seguridad de María y de Kate.

—¿Qué crees que querría hacer ella en tu departamento?

—No lo sé. Tal vez de verdad está loca… —mira a su amigo y se queda pensando en silencio durante unos segundos —. Mi otra sospecha es que es la amante de Syd quien entra al departamento. Quizá cree que Gloria sigue viviendo ahí y la está buscando para deshacerse de ella.

—¿Te parece? —dice Charles e inmediatamente acerca su cerveza a la boca.

—No es imposible. Hasta el momento no tengo más

sospechosos. Solamente quiero hacer algunas investigaciones más. ¡Pobre María! Ojalá mis sospechas sobre Gloria sean falsas. ¿Te imaginas tener que explicarle que su hermana es una psicópata y que debemos cuidarnos de ella?

—¿Y por qué no le sigues el juego de los fantasmas? —pregunta Charles.

—Porque eso solamente va a empeorar las cosas. Sabes cómo son las mujeres. Va a quedarse despierta para verlos, o va a llamar a un espiritista.

—O tal vez simplemente prenda una vela blanca para que el espíritu de Syd descanse y olvide el asunto.

—Pero seguirá escuchando ruidos, Charles. Las mujeres son muy obsesivas y no hay que darles cuerda.

Charles y Logan terminan sus cervezas. Ya es un poco tarde para estar fuera en día de semana, así que pagan la cuenta y vuelven a sus hogares casi en silencio. A Charles se le pasa el dolor de estómago y llega a casa ansioso de meterse en la cama junto a su esposa. Grace, al escuchar la puerta abrirse, finge revisar su celular y guarda la llave debajo de su almohada para no levantar ninguna sospecha, no halló el valor para abrir el cajón. Su esposo entra a la habitación, le da un beso en la frente y se acuesta a su lado. Se duermen inmediatamente.

13

MARÍA DESPIERTA MUY molesta al lado de Logan. No le gusta que llegue tarde sin avisarle antes y tampoco le gusta sentir el olor a cerveza impregnado en su aliento. Para quitarse el enojo de encima decide llamar a su hermana mayor para contarle todo por lo que está pasando. No sabe si ella ha dejado de estar deprimida, pero necesita hablarle. Siempre habla con Grace, pero ahora necesita de alguien con quien tenga más confianza y que sepa más sobre ella. La llama al celular.

—¿Hola, Gloria?

—¡María! ¡Hermanita! ¿Cómo estás?

—Muy bien y tú.

—Bien, en el trabajo —Cuando María escucha que su hermana está trabajando se siente muy contenta.

—Lo siento. No quiero molestarte. ¡Qué bueno que ya volviste!

—Sí. Comencé a extrañar la editorial. Dime, ¿sucede algo?

—¿Podemos vernos esta noche? Realmente necesito hablar contigo.

—Claro. El sábado no trabajo así que podemos estar hasta tarde.

—Me parece muy bien. Kate no tiene escuela el sábado, así que yo también puedo quedarme hasta tarde. ¿Pasas por mí a las siete? Yo iría por ti, pero aún no tengo auto en Wundot Hills.

—Claro. Paso por ti a las siete y media. ¿Te parece bien?

—Sí.

Después de colgar, María decide invitar a Grace y a los chicos a almorzar en el departamento. Así, Kate y Samantha se divierten toda la tarde juntas, mientras ellas conversan con calma. Necesita distraerse un rato. Le toca la puerta a su vecina para hacerle la invitación y esta acepta encantada. Los dos esposos estarán fuera todo el día, por lo que podrán conversar sobre los temas que se les antojen sin limitarse.

El bus escolar deja a los tres muchachos en la puerta del edificio, donde sus madres los esperan para anunciarles que comerán juntos. Las dos niñas quedan encantadas con la noticia, Chris se muestra indiferente, pero se porta educado y agradece la invitación a María. Suben los cinco en el ascensor y las niñas no dejan de hablar y de reír, por lo que los demás las miran en absoluto silencio. Comen muy tranquilos, pues son las dos pequeñas quienes acaparan la conversación y les cuentan a sus madres sobre las cosas que hicieron en la escuela. Tanto María como Grace tienen que batallar con ellas para que terminen sus platos porque se distraen mucho hablando.

Después del almuerzo, Chris se va a la casa de un amigo y las chicas bajan al jardín del edificio para jugar, es viernes y no les dejaron tareas en la escuela. María y Grace se quedan solas y comienzan a conversar mientras lavan el servicio.

—Me pone de muy mal genio que Logan desaparezca así sin decir más —afirma María—. ¿Sabes a dónde fueron? Eso me está volviendo loca.

—Fueron a tomar unas cervezas —le dice Grace tratando de tranquilizarla, nota que está un poco aturdida y nerviosa —. Charles llegó completamente sobrio —dice al finalizar para calmar a su amiga.

—¿Segura que solamente fueron a eso? Le sentí en el aliento olor a cerveza a mi esposo. Me dio la impresión de que, quizá, se emborracharon.

—No lo hicieron. Esperé despierta a Charles y cuando llegó estaba calmado. Efectivamente olía un poco a cerveza, pero no estaba nada mareado. O al menos así parecía.

—¿Y qué hicieron?

—Tal vez conversaron, pero no fueron a ningún lugar muy extraño y no hicieron nada de lo que debamos preocuparnos.

Ambas se quedan en silencio. María cree, a veces, que Grace es un poco relajada respecto a lo que hace su esposo, pues nunca le pregunta nada. Grace, en cambio, piensa que su amiga está muy pendiente de Logan y cree que, quizá, se está obsesionando con él. A ella también le preocupa el extraño comportamiento de su marido, pero no pierde la cabeza por eso.

—Ayer, mientras ellos estaban fuera de la casa, encontré una llavecita —afirma Grace.

—¿Una llave? ¿Qué puerta abrirá?

—Creo que es la llave del cajón de su velador. ¿Sabes? Nunca lo he visto por dentro. Ahora que la tengo me muero de curiosidad, pero temo mucho lo que pueda encontrar ahí dentro.

—¿Por qué?

—Porque siento que me esconde cosas.

—¡Es tu oportunidad! —afirma María sonriendo macabramente—. Tienes que investigarlo. Ambas acordamos eso, que los investigaríamos.

—Tienes razón —dice Grace mirando el plato que está secando con un trapo—. Pero siento un poco de temor.

—Terminemos de ordenar esto y vamos a tu departamento —dice María y le guiña un ojo a su amiga.

Ella sonríe con cierto nerviosismo. ¡Quiere abrir ese cajón, pero teme lo que pueda encontrar en él!

Después de unos minutos acaban y se dirigen al departamento de los Peterson. Grace está decidida a abrir el cajón, su amiga le ha dado el coraje que le faltaba para hacerlo. Cuando entran a la habitación matrimonial las dos se quedan de pie frente a la mesa de noche de Charles.

—¡Vamos! Estaré aquí, a tu lado. Si lo que encontramos es muy feo podrás desahogarte conmigo —dice María animando a su amiga.

Grace abre el cajón con delicadeza, teme mover algo de su sitio y despertar sospechas en su esposo. Cuando ya está completamente abierto, se encuentra con un reloj de bolsillo muy antiguo que nunca había visto, el diario y unas cuantas facturas. Lo primero que saca son las facturas, para revisar los gastos de su marido. Todas son de farmacias, por la compra de medicamentos para el dolor estomacal. María se ríe al ver los detalles.

—Tu marido está muy enfermo. Tienes que alimentarlo mejor —le dice a Grace en un tono burlón. —¿Qué es eso? —le pregunta señalando el diario.

—Es el diario de…

—¿Qué? —pregunta asombrada María. Grace se sobresalta por la efusividad de su pregunta.

—Sí, su diario —le dice Grace.

—Eso es lo único que necesitas para saberlo todo. Sácalo —la anima.

Grace toma el cuaderno entre sus manos y abre la primera página. Lo primero que llama su atención es la terrible letra de su esposo, luego de apreciarla unos segundos puede leerla.

"18 de junio

Traté de decir las cosas, juro que lo intenté. Es por eso que ahora, ya que mi intento falló, trataré de escribirlo todo, para así librarme de esta terrible carga que llevo encima.

Mi infancia no fue feliz, ni siquiera llegó a ser normal. Hablé unas cuantas veces de esto con el tío Richard, pero después no supe con quién más comentarlo. Mi padre fue un hombre realmente terrible y repugnante, nunca le tuve cariño.

Nací siendo el hijo mayor de una familia muy pobre, de recursos escasos. Mis dos padres eran alcohólicos y arruinaron cada momento de mi vida mientras vivieron. El dinero nunca nos alcanzaba para comer, pero siempre había para que ambos se emborrachasen.

Creo que mis hermanos y yo fuimos un accidente, pues nunca sentimos el cariño paternal de nuestros padres."

Cuando Grace termina de leer a media voz aquello, María le da un abrazo.

—Es muy triste la vida de Charles. Sentí lástima.

—Me esconde cosas de su familia —afirma Grace sin prestar atención a lo que dice su amiga—. De sus padres, de sus hermanos, de su infancia.

—Es que es una historia realmente triste, Grace.

—Sí —dice Grace mirando de reojo a su amiga. Está muy asombrada.

—¿Pero nunca te presentó a su familia? —pregunta María.

—Conocí a su tío Richard, a quien le decía papá. A sus hermanos… Es que no comprendo las razones para esconderme tantas cosas.

—¿Qué te dijo sobre sus padres?

—Sus padres habían muerto. Nunca me contó más que eso, que habían muerto. Nunca pregunté demasiado. No quería ser indiscreta.

—Eso es un poco extraño —afirma María mirando a un costado.

—¿Qué?

—Que no te haya contado nada.

—Sí. Lo sé.

—Tienes que seguir leyendo ese diario —afirma María.

—Lo haré. Pero no ahora. Estoy un poco… —Grace suspira—. La verdad es que preferiría leerlo a solas.

Las dos mujeres suspiran y se quedan en silencio un largo rato. Es entonces que María, para cambiar un poco de tema, comienza a contarle sobre su vida a Grace.

—Logan sigue muy raro.

—¿Pudiste investigarlo?

—Hablé con una de sus compañeras de trabajo. Pensé que por ser mujer me entendería y me ayudaría.

—¿Y pudiste saber algo?

—Dice que mi marido está un poco loco y que está realizando una investigación rarísima. No puede contarme nada más porque es secreto policial. Eso fue todo lo que me dijo.

—Bueno. Al menos sabemos que nuestros dos esposos andan metidos en cosas raras.

—Sí. ¿Estarán metidos en la misma cosa rara? —pregunta María.

—No lo sé. Es posible. —Mira sus manos y recuerda que tiene que informarle lo poco que escuchó de la conversación de los dos hombres a María—. Lo olvidaba. Anoche me quedé escuchando desde la puerta de mi habitación la conversación de Charles y Logan.

—¿Qué oíste?

—Tu esposo quería saber sobre una chica, creo que sobre la amante de Syd. Luego mencionó lo de los fantasmas y ya no pude oír más.

—¿Qué dijo de los fantasmas?

—Solamente que tú crees que hay fantasmas en el departamento. Nada más.

Ambas comienzan a quejarse de las extrañas conductas de sus esposos. Cuando María mira su reloj se da cuenta de que es hora de ir a ver a su hermana y le pide a Grace que se encargue de su hija. Grace le dice que no se preocupe, que la pequeña dormirá con Samantha y que ella cuidará de ambas. María, después de mandarle un mensaje de texto a Logan para avisarle que estará con su hermana y que Kate se quedará en el departamento de los Peterson, baja al encuentro de su hermana, quien ya está en la puerta.

Al encontrarse con Gloria la ve mucho más calmada y centrada que la última vez que se encontraron. Se lo comenta y ella agradece el elogio de su hermanita. Esta vez es María la que se ve un poco aturdida. Su hermana le dice que la invitará a comer pasta en un lugar magnífico. Llegan al restaurante y se ve bastante elegante, por lo que María se distrae un poco y olvida, por un rato, todos sus problemas.

—¿Cómo han estado tú y Logan, María? —pregunta Gloria.

—La verdad es que muy mal. Tengo que contarte muchas cosas. Pero primero cuéntame tú cómo van las cosas. ¿Qué tal el trabajo?

—El trabajo es magnífico, me encanta la editorial. Y la vida… la vida. Bueno. Estoy completamente sola —afirma con cierta frialdad—. Cuando me acuerdo de Syd siento odio, no tristeza, eso es lo que más me aturde. Pero he tratado de distraerme y ahora estoy realizando una investigación sobre una autora del siglo XIX.

—Me parece bien que busques distracciones.

En lo que charlan el mesero llega con dos cartas. Ambas ven el menú y les cuesta decidir qué es lo que van a ordenar. Después de unos minutos de hablar y compartir opiniones sobre la comida italiana que ambas adoran, deciden y piden la orden. Gloria tiene los ojos llorosos y la mirada un poco perdida, pero se la nota fuerte.

—¿Qué es lo que sucede contigo y con Logan?

—La comunicación ya no es muy buena, ¿sabes? Además, que me molesta bastante no encontrar todavía trabajo. No me gusta estar todo el día metida en el departamento.

—Te entiendo. Mientras estuve deprimida pasé por lo mismo. Tenía un trabajo, pero me sentía incapaz de hacerlo. Fue entonces que comencé con lo de la investigación y eso me impulsó a volver al trabajo.

—Debería buscarme algún pasatiempo, ¿no?

—Sí. Puede ser cualquier cosa. Incluso seguir una serie de televisión ayudaría.

María comienza a jugar con el borde del mantel un poco nerviosa. Se siente un poco inútil viendo como su hermana ya casi ha superado su depresión y ella está atrapada. Llegan los platos en lo que ella sigue dubitativa y, después de dar un primer bocado, Gloria la anima a continuar hablando.

—¿Qué sucede con la comunicación entre tú y Logan?

—Él está raro.

—¿Por qué?

—No sé. Es como si nuestras vidas se hubieran distanciado.

—¿Por qué lo dices?

—Él está muy feliz en su trabajo, y no lo juzgo por eso, pero yo estoy sola en casa casi todo el día y... y a veces me hace sentir como loca.

—¿Por qué? —Gloria da otro bocado de su plato. María ni siquiera toca el suyo.

—Porque… ¿Crees en fantasmas, Gloria?

—¿De qué hablas? —le pregunta Gloria sin terminar de tragar el último bocado que ha dado.

—Las cosas han estado muy extrañas en el departamento. Siento que hay una presencia.

—¿Una presencia?

—Sí. Últimamente he estado escuchando ruidos extraños. Logan también los escucha, pero lo niega cada vez que hablamos del tema.

—¿Cómo sabes que él también los escucha?

—Porque hace unas cuantas noches lo encontré dando vueltas por el departamento con un bate de beisbol. Yo ya había salido de la cama despertada por los ruidos.

—Eso es extraño. —Gloria se queda pensativa unos segundos—. ¿Él solamente niega los ruidos?

—Sí.

—¿No cree que puede tratarse de otra cosa?

—No. Él dice que esos ruidos son invento mío.

—Tu esposo es un poco extraño.

—Sí. Lo peor es que me hace sentir como una loca que imagina cosas. Quizá se trata de vándalos o de cualquier…

—No, María. —Gloria mira fijamente a su hermana—. En Blue Lake no hay ladrones.

—Pero sí asesinos —afirma María, haciendo que su hermana se entristezca.

—Preferiría no hablar de ese tema —dice mirando el plato.

—Lo siento.

—No te preocupes. Es que no me gusta recordarlo. Pero, volviendo al tema. No hay ladrones. Las casas y los edificios están muy bien cuidados. Créeme.

—Es que no sé qué explicación más dar al respecto.

—Mira, María. Yo creo en los fantasmas, y no solo eso, creo en todos los sucesos sobrenaturales. ¿Te conté sobre la investigación que hice sobre Wundot Hills?

—¿Qué investigación?

Gloria le cuenta a su hermana sobre las investigaciones que realizó un tiempo atrás respecto a Wundot Hills y sus orígenes como lugar maldito en el que se realizaban sacrificios, también le cuenta de los desbordes del lago y de las energías que ella ha percibido en el lugar. De pronto se acuerda de su esposo, pues sabía que él le era infiel mientras realizaba esa investigación, y se lo comenta a María.

—Olvídalo —le dice ella.

—No importa ya —dice Gloria con un tono de voz muy firme—. Supongo que ese desgraciado está pagando su condena en el infierno. Hubiera sido magnífico que su cuerpo se hundiera en el lago, así estaría condenado a compartir su muerte con los sacrificios humanos.

María se queda mirando a Gloria, que ha cambiado su expresión. No puede creer todo lo que acaba de escuchar. Nunca imaginó que su hermana creyera en esas cosas, siempre se mostró, con sus familiares, como una persona muy escéptica y racional.

Pasan varios minutos sin que ninguna de las dos diga una sola palabra. Están dubitativas, perdidas en sus propios pensamientos. María está asustada por todo lo que acaba de escuchar de la boca de su hermana y Gloria está recordando a Syd. Entonces el silencio es roto por la hermana mayor.

—Tal vez deberías llevar a algún experto en estas cosas a tu hogar.

—¿Un experto? ¿Un brujo?

—No lo sé. Hay que investigar. ¿Quién podría lidiar con esto?

Pasan el resto de la cena especulando sobre quién podría hacer algo al respecto. Gloria nunca investigó sobre soluciones, cree que no las hay porque el lugar, simplemente, está maldito y nadie va a poder cambiar eso nunca. Piensa que su departamento, quizá, ya estaba maldito cuando ella vivía en él, pero aquellas energías malévolas se manifestaban de otra forma. Tal vez por eso todas las depresiones y las actitudes horribles de Syd. Sin embargo, ahora, conmovida por la preocupación de su hermana, está dispuesta a investigar si es que existe un posible combate contra esas energías malignas.

Cuando María llega a casa se enoja profundamente con Logan, quien está fumando en la sala. No le molesta que fume dentro del departamento, pues Kate no está. Lo que le molesta es que él mienta. Ha estado enojada todo el día con él y seguirá así hasta que él se disculpe o admita que también escucha los ruidos.

—¿Cómo te va, señor policía? —dice alterada.

—¿Por qué ese tono, María? No he hecho nada para que te enojes conmigo.

—¡Me mientes! —le grita.

—¿De qué me hablas?

—Me haces sentir como una loca.

—¿De qué han hablado con tu hermana?

—De ti.

Logan se pone de pie y trata de abrazar a su esposa que habla moviendo las manos con furia. Apenas se acerca es empujado.

—No trates de abrazarme. Explícame las razones que tienes para mentirme.

—¿De qué me hablas?

—De los ruidos.

—María. ¡Cálmate!

—¡Yo sé que los escuchas y estoy cansada de que me hagas sentir como una loca!

En ese preciso instante ambos escuchan ruidos que vienen del baño. Logan se sobresalta.

—¿Lo ves? ¡Lo escuchaste! ¡Te vi asustarte por el ruido!

—Mi amor. Estoy asustado por cómo te estás comportando.

María, muy enojada, se dirige hacia el baño. Logan, asustado de encontrarse con la criminal, porque está casi seguro de que es mujer, y no poder cuidar a su esposa de ella, toma a María del brazo forzándola a quedarse parada frente a él.

—¡Basta, Logan!

Escuchan otro sonido fuerte, como si algo hubiera chocado contra la ventana rompiendo los cristales. María, enfurecida, va hacia el baño empujando nuevamente a su esposo, quien la sigue sin tocarla de nuevo. Cuando abre la puerta del cuarto de baño ve la ventana rota. Al intentar encender la luz, explota el foco, lanzando pedacitos pequeños de vidrio por todo el piso. La pobre mujer grita de impotencia y su marido la abraza.

—¡Eres un idiota, Logan! ¿Qué es esto?

—Amor, no lo sé.

—Tú sabes de qué se trata, por eso me mientes.

—Te juro que no lo sé.

—¿Sabes algo, Logan? Gloria me dijo que esta zona está maldita. Esto tiene que tratarse de un demonio que anda suelto.

—Mi vida, no digas tonterías.

—Deja de decir que digo cosas estúpidas y de quitarme razón. ¡Investiga sobre eso, señor policía!

—¿Sobre lo que acaba de suceder?

—Sobre los demonios de este barrio.

María va corriendo hacia la habitación matrimonial y se

mete en cama. Cuando su esposo quiere abrazarla ella se niega y se queda dormida pensando en todas las cosas que conversó con su hermana. Logan la mira dubitativo y agobiado durante un largo rato, hasta que, finalmente, se duerme también, resignado a que su mujer siga enojada con él.

14

Al día siguiente la ferretería está cerrada. Va una mujer a comprar unos pernos y no encuentra ni siquiera un cartel que explique las razones del cierre. Va un hombre bajito y gordito que busca un repuesto para su ducha y se encuentra con una reja que protege el lugar. Va Logan, buscando una ducha nueva, pues la suya explotó temprano en la mañana, antes de que él pudiera usarla para irse luego a trabajar, y no encuentra a su amigo atendiendo. Los clientes se preocupan un poco, pues las pocas veces que Charles no fue a trabajar, dejó a un reemplazo o, por lo menos, un aviso indicando que no atendería ese día. Logan se inquieta y le manda un mensaje de texto preguntándole si se encuentra bien, mensaje que nunca es respondido.

Charles se ha quedado en cama. Despertó con un terrible malestar estomacal y, sin siquiera meterse a la ducha, decidió volver a acostarse y quedarse descansando. Su esposa trató de animarlo para que se levantara, pero Charles ni siquiera abría los ojos, solamente se quejaba. La salud del señor Peterson últimamente ha sido muy mala y solamente empeora. Grace se preocupa mucho por eso. ¿Cuándo fue que su marido comenzó a tener una salud tan inestable? Quiere llamar a un médico, o llevar a su esposo al doctor, pero él, entre sueños, se niega.

Las dos pequeñas, Kate y Samantha, siguen jugando con sus muñecas, aún están en pijamas. Grace limpia la casa mientras está pendiente de su marido. Anoche salió a correr de nuevo y eso, no entiende bien por qué, la hace sentir traicionada. Piensa en el diario y en las ganas que tiene de seguir leyéndolo. No se anima a preguntarle nada a Charles ni a retarlo, pues eso solamente cerraría más puertas, ya que él se pondría a la defensiva y escondería con mayor recelo su diario. Prefiere no hablarle mas que para preguntarle cómo se va sintiendo y guardar silencio respecto a sus penas.

María les pide prestada la ducha a los Peterson para darse un baño, pues no pudo reparar la suya en toda la mañana y, como es una mujer bastante preocupada por su apariencia, no quiere salir a buscar repuestos con el cabello sucio. Ellos se la prestan sin ningún problema. Luego de vestirse comienza a jugar con su hija y con Samantha, para que así Grace le tome toda la atención necesaria a Charles. Mientras tanto, piensa una y otra vez en las cosas que le dijo su hermana, piensa en Wicked Lake y en las posibilidades de que el lago esté maldito. Además, se pregunta por la salud de Charles. ¿Por qué se está enfermando tanto? Se detiene a pensar en eso un rato tratando de hallar una respuesta y, después de no encontrarla, piensa en que necesita ver con sus propios ojos las pruebas de que al lugar en el que ella habita antes le llamaban Wicked Lake. Más tarde llamará a Gloria para pedirle indicaciones.

Charles no abre los ojos para nada. Chris y Grace no saben si es que está todo el rato dormido o si es que simplemente está descansando. Hace algunos sonidos con la garganta, indicando que se siente adolorido, pero no pronuncia ni una sola palabra. En toda la mañana no les dio ninguna indicación sobre la ferretería o lo que deberían hacer dado su estado de salud.

Logan no puede concentrarse en el trabajo. Sigue pensando en el accidente del baño y en la ventana que, quien sea que haya entrado en el departamento, había roto. Piensa en sus dos sospechosas y siente lástima por ambas. Si fuera Gloria la desequilibrada que asesinó a Syd y que entra en el departamento de vez en cuando, sería una lástima por ella, pues significaría que ha perdido completamente la cabeza. ¿Por qué Logan piensa en ella como una sospechosa? Pues porque es la única persona, aparte de él y su familia, que conoce bien la disposición del departamento; además que si alguien quisiera hacerle daño a él o a su familia no podría ser otra persona que la culpable del asesinato. Y sería muy extraño que la otra muchachita sospechosa, o que cualquier otra persona que pueda ser culpable, estuviese enterada de sus investigaciones. Es por eso que Gloria es una sospechosa.

Se queda mirando las fotografías de un caso del día anterior y medita acerca de la posibilidad de que sea la muchachita la culpable de todo. Estaría condenada, porque seguramente se trata de una mujer joven y con mucho futuro por delante.

No falta mucho para la hora de almuerzo y Logan piensa en las cosas que María y Gloria hablaron sobre el lago maldito. Ahora él le preguntará a su jefe qué es lo que sabe. Quizá, por su edad, tenga un panorama más claro respecto a esas leyendas extrañas y pueda echarle una mano contándole todo lo que sabe. Se le acerca en el almuerzo.

—Señor, ¿usted sabe si es verdad que al barrio de Blue Lake en el pasado le llamaban Wicked Lake?

—¿Qué estás investigando ahora, Logan?

—Solamente me da curiosidad... —la mirada seria del jefe

se clava en el rostro de Logan, por lo que trata de dar una explicación un poco más convincente—. Sucede que mi cuñada, quien vivió aquí muchos años, nos contó eso a mi mujer y a mí y creemos que nos los dijo para alejarnos y para que le devolvamos el departamento en el que ahora vivimos.

—En realidad no lo sé, Logan. Nunca había escuchado esa historia. —Vuelve a mirarlo con seriedad y continúa hablando—. Lo que sí puedo decirte es que me han contado que en el pasado los nativos realizaban sacrificios para el lago.

—¿Quién le ha contado eso?

—Hay muchas leyendas al respecto.

—¿Cómo cuál?

—Por ejemplo, sobre la virgen que, para librarse de ser sacrificada, asesinó a cien hombres.

—¿Y quién le contó esas historias?

—Mi abuela. A ella le gustaban mucho esos cuentos. Recuerdo varios de los que me contó.

—¿Y cómo los conoce ella?

—Conocía. Murió hace varios años ya.

—Lo siento.

—Ya pasó el tiempo. Pero, volviendo a tus preguntas, no lo sé. Ella simplemente me contaba esas historias cuando yo era pequeño. Quizá eran invento suyo. Pero siempre hablaba de sacrificios. —Mira nuevamente a Logan con seriedad—. ¿Sabes? No deberías creer ni un poquito en esas tonterías. Si tu cuñada te cuenta esas historias tan tontas deberías ignorarla. El lugar en el que vives es muy bonito, tienes suerte de haber llegado a Blue Lake. Que nadie te quite eso. Además, Logan, concéntrate en el trabajo porque tus investigaciones no están dando ningún resultado y yo creo que quizá estás mezclándolas con otras investigaciones nimias que nada van a aportar a nuestra labor.

—Está bien, jefe. Dejaré esas ideas a un lado. Pero, solamente para que lo sepa, las investigaciones que realizo van por buen camino y no las estoy mezclando con nada. Solamente que lo vi y creí que usted podría responderme esa duda que mi cuñada me metió anoche.

El jefe de la división de homicidios comienza a pensar que Logan está un poco loco, pues sus investigaciones son muy raras y, si bien Clarks facilita algunas pistas razonables, rápidamente se contradice con otras que no son nada coherentes o con pistas que solo destacan rasgos muy nimios sobre los investigados. Ya no sabe qué hacer con él; parece un tipo inteligente, pero quizá está obsesionándose mucho buscando una respuesta que no existe y eso está afectando su cordura. Está convencido de que es mejor buscar a otra persona que atienda los casos que están todavía abiertos —pues cree que las sospechas de un asesino en serie no son tan descabelladas— y que esa persona debe ser quien investigue el caso del asesino del muelle.

El resto del día transcurrió lentamente para Logan. Con tantos interrogantes dándole vueltas en la cabeza y con la pena de haber tratado a su esposa como una loca, se mantuvo toda la jornada laboral un poco desenfocado. ¿Debería ser sincero con María y contarle sobre sus sospechas, o sería muy traumático?

Charles durmió toda la tarde, solamente se despertó para comer rápidamente la sopa de pollo que su esposa le preparó y le llevó a la cama. Después de eso no dijo ni una sola palabra a nadie y no se levantó para absolutamente nada.

María dio vueltas por toda la casa buscando huellas o señales que alguna persona ajena al departamento hubiera podido dejar, pero no encontró nada. Fue así que comenzó a darle vueltas a la historia que su hermana le había contado; pensándolo bien, no era tan alocada. Había escuchado, alguna vez, sobre cementerios incas en América Latina y cómo las "malas energías" se quedaban en estos lugares. Se dio cuenta de que la historia de su hermana y sus sospechas respecto a energías era mucho más coherente que su idea respecto a fantasmas. Desesperada por hallar respuestas, llamó a Gloria para preguntarle más cosas sobre Wicked Lake y ella le contó absolutamente todo lo que pudo recordar.

En la noche Charles se despierta un poco aturdido y le pregunta a su esposa la hora. Ella le dice que ya son las siete de la noche y él se siente un poco inútil por haber dormido todo el día. Grace intenta animarlo con abrazos y besos, pero él se muestra frío e impávido, parece no querer tener ningún tipo de charla o contacto con nadie.

Grace se resigna a cenar sola con sus hijos después de ver a su esposo en tan mal estado, sabe que él no irá a comer con ellos. Él aprovecha su soledad en la habitación, saca su diario del lugar en el que lo tiene escondido y vuelve a escribir llenando páginas y páginas. Escribe tanto que pierde la noción del tiempo. La comida que Grace le ha llevado se enfría. Cuando ella entra a recoger la charola lo encuentra escribiendo frenéticamente. Los dos se miran con incomodidad, entonces él cierra el cuaderno con nerviosismo y ella se limita a recoger las cosas en silencio, ni siquiera le pregunta cómo se siente. Le molesta mucho ese diario ahora que se atrevió a abrirlo.

Mientras tanto Logan vuelve cansado a su hogar y, después de la cena, trata de hablar con María para arreglar las cosas.

—Mi amor. ¿Cómo has estado? ¿Cómo estuvo tu día? —le pregunta mientras la toma por la cintura para llevarla a la sala. Quiere tener una conversación tranquila.

—Busqué huellas —dice ella con un tono cortante sentándose en el sillón más grande.

—¿De qué hablas?

—De los ruidos que tú no quieres investigar.

—Preciosa, te voy a decir la verdad. —Se levanta del sillón en el que está sentado y se arrodilla frente a su esposa. Ella se muestra indiferente ante ese gesto—. En realidad, lo que no quiero es que nuestra pequeña Kate se entere de que escuchamos estos ruidos.

—¿Y por eso me has estado tratando como una loca, Logan? —reclama María.

—Lo siento. Mi intención era la de proteger a la pequeña.

—Entonces, ¿por qué no me dijiste, en secreto, que tú también oías los ruidos extraños?

—De verdad lo siento, mi amor.

Kate está jugando en su cuarto. Sus padres pelean y ella no los escucha, está muy entretenida con su videojuego.

—Sabes que odio que me trates así, Logan —dice María en un tono muy seco. Su esposo se pone de pie acercándose a ella para abrazarla y ella lo empuja bruscamente para dejar el *living* e irse a sentar a una de las sillas de la cocina.

—Por favor, María. Entiéndeme —le dice él en voz alta.

—Dime, señor policía. ¿Qué cosas has estado investigando?

—Solamente las cosas del trabajo, mi cielo —dice Logan mientras se acerca a su mujer.

—No lo creo.

—Es verdad, María.

Ella se queda mirando seriamente a su esposo, a quien ya no puede creerle absolutamente nada. Él la mira fijamente, con los ojos un poco rojos y los labios contraídos.

—Me sigues mintiendo, Logan.

María se va enfurecida a su habitación y su marido se queda totalmente inmóvil en la cocina.

Logan no ha tenido un buen día, piensa que quizá sería agradable pasar un rato con su vecino, pero luego recuerda que está enfermo y se da cuenta de que no sería prudente visitarlo a esas horas. Tal vez si hubiera ido antes para ver cómo se encontraba y se hubiera quedado charlando un rato su visita no hubiera sido una molestia, pero ahora, seguramente, Charles necesita descansar bien y prefiere no recibir a nadie. Piensa en los dolores de estómago de su amigo y se siente un poco preocupado. ¿De qué podría tratarse y por qué cada vez son más frecuentes y más fuertes?

Grace lava los platos y ordena la casa para luego irse a dormir, su marido ya se ha acostado de nuevo. Está un poco perturbada por él. ¿Qué será aquello que le esconde? Deja la cocina totalmente limpia mientras piensa en Charles, entonces se va a la cama y se mete a su lado fingiendo dormirse inmediatamente. Esta noche no hablará en absoluto con él, tiene que guardar silencio para no meter la pata porque está realmente molesta con la situación.

El dolor de estómago de Charles se intensifica en la madrugada provocándole vómitos e impidiéndole dormir. Grace solamente abre los ojos de rato en rato para asegurarse de que su esposo no necesite nada de parte suya. Pero aquella situación cambia cuando, más o menos a las cuatro de la mañana, ella despierta y nota que su esposo no ha vuelto a la cama desde hace media hora o más. Grita desde la cama.

—¿Charles? ¿Amor? ¿Dónde estás? —Al no escuchar ninguna respuesta se levanta, se pone sus pantuflas y va a buscarlo por el departamento—. ¿Charles? ¿Te encuentras bien? —llega al baño y lo encuentra vacío, así que se dirige hacia el *living* y, al no encontrarlo ahí, comienza a desesperarse un poco—. ¿Charles? ¡Por favor, no me hagas asustar! —Entra a la cocina muy angustiada y lo ve sentado en el piso escribiendo en su diario—. ¿Charles? ¿Estás bien?

Él se sobresalta y se pone de pie.

—¡Grace! Lo siento, es que no podía dormir —afirma mientras cierra el cuaderno.

—Puedes encender tu lámpara y escribir a mi lado —le dice ella con un tono de voz muy dulce.

—Es que no quería despertarte —afirma él besándole la cabeza. Entonces las náuseas vuelven y corre al baño para vomitar. Grace se preocupa y lo espera en la puerta de la habitación. Cuando ve que él se dirige al lugar lo abraza.

—Necesitas descansar —le dice. Charles afirma con la cabeza y se recuesta en la cama abrazando su diario. Ella sigue insistiendo en obtener respuestas—. Deberíamos ir al doctor. Tu salud empeora cada vez más.

—No, Grace. Necesito dormir —le dice, pero ella insiste.

—Por favor, dime qué es lo que te sucede. —Su tono está más calmado que antes.

—Es mi estómago. He debido comer algo en mal estado —le responde él con la misma tranquilidad, pero sin soltar su diario. Grace no le dice absolutamente nada al respecto.

—¿Y por qué te fuiste a la cocina?

Charles comienza a sudar frío y se queda mirando a su esposa en silencio. No sabe qué responderle. Resignado decide cerrar los ojos y dormir, así ella no podrá preguntarle nada más y él no tendrá que enfrentarla.

La mañana del domingo, Charles se despierta y nota que el lado de la cama de Grace está vacío. Sus hijos siguen durmiendo y su esposa no está en ningún rincón del departamento. Abrumada por el estrés, Grace decidió ir a pasar tiempo con su nueva amiga, así que ahora está dando un paseo matutino por el muelle con María. Le cuenta sobre las actitudes de Charles el día anterior.

—Se puso muy, muy extraño, María.

—¡Es terrible! Los dos andan como locos y no entiendo las razones —dice María en un tono pausado, luego mira fijamente a Grace—. ¿Sabes qué es lo que creo?

—¿Qué?

—Que algo raro está pasando por aquí. Quiero decir, que una energía maligna está muy cerca a nuestros hogares.

—¿Energía maligna?

—Sí. ¿Te acuerdas de los ruidos que te conté y de mis sospechas?

—¿De los fantasmas?

—Sí.

—Me acuerdo, María.

—Creo que son energías malignas, no simples fantasmas. —Grace la mira un poco incrédula, por lo que María le explica un poco mejor—. Anteayer me vi con Gloria y me contó sobre una investigación que hizo hace un tiempo sobre nuestro barrio.

—¿Sobre qué iba su investigación?

—Sobre el pasado. ¿Y sabes qué descubrió?

—¿Qué?

—Que a esta zona de la ciudad la llamaban Wicked Lake.

—Pero, María, ¿qué tendría eso que ver con mi esposo? ¿O con los ruidos de tu departamento?

—Dime una cosa, Grace. ¿Alguna vez lo habías notado tan extraño?

—La verdad es que no. Pero no creo que se trate de una cosa como la que intentas decirme.

—¿Por qué? Es algo bastante posible, la verdad. Abre los

ojos, Grace —dice María tomando a su amiga por los hombros.

Charles, mientras tanto, prepara el desayuno para sus hijos y mira el mensaje que le mandó su esposa una hora atrás diciéndole que se había encontrado con María y que iban a dar un paseo por la orilla del lago. A Logan le cuesta bastante despertar, pues tuvo sueños horribles que le hicieron pasar una noche terrible.

María y Grace se sientan al borde del lago, se quitan los zapatos y meten los pies. Los primeros rayos del sol están calentando el agua haciendo que su temperatura sea muy agradable.

—Es difícil de creer, Grace —insiste María—, pero debes tomarlo como una opción. Tu esposo está muy raro. ¿Sabes algo? Tienes que terminar de leer su diario.

—Sí, lo sé.

—Hay algo que está contando ahí y que no quiere que tú sepas.

—Estoy completamente consciente de eso, María. Pero es muy difícil abrir ese diario sin que él se dé cuenta. Todo el tiempo está con él en sus manos. Va a trabajar con él en su maletín. El día que lo hallamos en el cajón tuvimos suerte. Casi nunca se desprende de él.

—Debe ser muy grande el secreto que te esconde.

En el departamento de los Clarks, Kate está abriendo los ojos. Soñó cosas muy feas, así que llora y espera a que uno de sus progenitores vaya por ella.

—Princesa, ¿qué ha sucedido? —le dice Logan mientras se acerca a ella.

—¿Dónde está mamá?

—Salió un rato con Grace.

—Mentira.

La pequeña Kate llora mientras habla con su padre, no puede contener las lágrimas.

—Hijita. Te lo juro.

—¡Se la llevaron, papá! ¡Se la llevaron!

—¿Quiénes, amor? Tuviste una pesadilla, seguramente.

—¡Se la llevó esa persona sin rostro!

Logan se queda impávido escuchando las palabras de su hija. ¿Por qué sueña cosas tan horribles?

En el departamento de los Peterson, los chicos desayunan con su papá. Ambos están tan dormidos que apenas pueden entreabrir los ojos para mirar el mundo que les rodea. Su padre se ve mucho más sano que el día anterior y les ha preparado unos deliciosos panqueques. Ninguno de los tres habla en la mesa, cada uno parece estar metido en sus asuntos.

Grace y María reciben en sus rostros los rayos solares y se desabrigan un poco. La fría brisa del lago ya no sopla con tanta fuerza como hace unos minutos. A medida que el sol ilumina la ciudad, la temperatura se hace más cálida.

—¿Crees que quizá Charles esté poseído? —pregunta Grace sugestionada por las ideas de María.

—No creo que sea tan grave, Grace. Yo creo que, simplemente, hay algo en tu departamento. En el mío hay energías muy fuertes que producen ruidos y rompen cosas. Así que quizá en el tuyo hay alguna energía extraña que está deteriorando la salud de tu familia.

—Pero los chicos están muy bien.

—Charles es el más fuerte, por eso puede ser el primero.

—¿Qué debería hacer?

—No lo sé. Gloria está buscando soluciones para mí. Cuando las encuentre te avisaré.

De pronto una gigantesca nube se posa en el cielo tapando al sol. De ella se desprenden unas gotitas heladas. Las dos mujeres vuelven a ponerse sus abrigos para protegerse del frío. Es entonces que una borrasca sopla con mucha fuerza haciendo volar los zapatos de ambas por el aire. Ellas se ríen de la situación, pero de pronto la ventisca se hace mucho más fuerte y la nube que tapa al sol se pone muy gris. Tratan de correr, pero les cuesta moverse con tanto viento y sin zapatos.

Charles y Logan, cada uno por su lado, llaman a los celulares de sus esposas sin conseguir respuesta alguna. Comienzan a preocuparse por el viento y la lluvia.

El lago comienza a moverse bruscamente. Grace abre los ojos y mira a María asombrada. Les cuesta mucho caminar. Hablan a gritos, pues, de otra manera no se escucharían.

—¿Ves, Grace? ¡Hay algo extraño en esta zona y se está poniendo cada vez peor!

—Ya hubo lluvias fuertes por aquí.

Logan se viste y sale en busca de su esposa y de Grace. ¿Hasta dónde se habrían ido? ¿Serían lo suficientemente imprudentes como para seguir en el lago? ¡Ojalá que no! Charles sale pocos segundos después de su vecino, no se encuentran en el pasillo, pero sí en la puerta de entrada del edificio. Los dos tienen expresiones de asombro.

—¿Las viste? —pregunta Charles.

—No. Iré a buscarlas.

—¿Crees que deberíamos ir en el auto?

—No. Va a llover muy fuerte.

Salen del edificio al mismo tiempo y se encuentran con la borrasca que golpea los árboles casi desnudos de los alrededores. Están lo suficientemente abrigados para la ocasión. Caminan unos cuantos pasos y notan que el agua les llega a los tobillos. Para llegar al muelle hay que bajar un caminito, lo que quiere decir que el agua del lago ha subido lo suficiente como para tapar buena parte del muelle. Se apresuran para encontrar a sus esposas antes de que la lluvia las arrastre hacia el lago, es entonces que las encuentran matándose de la risa, totalmente empapadas y sin zapatos. Ambos corren a abrazarlas y María aprovecha para reprender a su esposo.

—¡Te he dicho que este lugar está maldito y tú no has querido creerme!

Los cuatro entran en silencio al edificio, suben en el ascensor sin decirse absolutamente nada y se despiden en el pasillo de su piso. Cada uno entra a su hogar.

15

EL LUNES por la mañana los Peterson se despiertan y vuelven a su rutina de todos los días. Al parecer, Charles se siente mucho mejor y ya puede volver al trabajo. Grace piensa en todas sus conversaciones con María mientras desayunan en silencio. ¿Habrá algo extraño en Charles, algo diferente? Trata de pensar cuándo comenzaron estos comportamientos raros y se da cuenta de que su marido siempre los tuvo, incluso cuando empezaron a salir, mucho antes de casarse. Algunas noches ella se preocupaba un poco porque llamaba al departamento de su novio y nadie le contestaba. Siempre que le preguntaba al día siguiente dónde había estado, él respondía que había ido a correr. Nunca sospechó absolutamente nada malo, solamente se preocupaba de que su novio anduviera solo por las calles a tan altas horas de la noche.

Cuando lo conoció se dio cuenta, rápidamente, de que era un chico un poco tímido, pero de buen corazón. Hablaba con mucho cariño de su tío Richard y lo ayudaba en todo lo que estaba a su alcance. Jamás le habló de su padre más que para decirle que había fallecido cuando él tenía trece años, y sobre su madre le dijo unas cuantas cosas, como que tenía el cabello negro y los pies pequeños, nada relevante. La timidez de Charles era, para Grace, una gran cualidad, pues la hacía sentirse segura de que no salía con otras mujeres y de que la amaba sinceramente, pues una persona tímida no va haciendo demostraciones de cariño a cualquiera. Le parecía también fantástico que a su novio no le gustara beber más que de vez en cuando, nada más fuerte que una cerveza, y que nunca se emborrachara; se sentía muy afortunada de haber encontrado a una persona así. Lo único que hacía que ella se sintiera un poco nerviosa era el hermetismo de Charles respecto a sus emociones. Muy pocas veces le decía si es que se sentía triste o nostálgico; pero ella, de todas formas, lo notaba.

A medida que la mañana transcurre, Grace se sumerge más en sus cavilaciones. Sigue sintiéndose incómoda por el comportamiento que tuvo el fin de semana. Después de que llegó junto a María al edificio, Charles se limitó a decirle que no estaba de acuerdo con que saliera sin avisar antes y que no le parecía muy inteligente que frecuentara el muelle cuando el invierno todavía no acababa. El domingo familiar transcurrió con normalidad, pero sin conversaciones de marido y mujer. Como llovía tanto y el lago había inundado parte de la zona en la que vivían, decidieron quedarse en casa viendo películas de Disney. Samantha se quedó encantada con sus padres y Chris miró amablemente la película que su hermanita había elegido.

Los lunes, como hoy, son un poco tristes para Grace, porque después de pasar un lindo domingo en compañía de sus hijos y su marido, tiene que volver a la rutina de quedarse sola haciendo el aseo de la casa y cocinando. Este lunes es diferente, porque se siente furiosa y está convencida de que su esposo le ha estado escondiendo algo terrible, y que ese algo está creciendo desproporcionadamente. Tiene la intención de revisar toda la habitación para ver si es que, para su suerte, Charles ha olvidado su diario. Si no encuentra el cuaderno comenzará a revisar los archivos de su marido en la computadora de la casa, quizá ahí encuentre información útil. Está decidida a investigarlo.

Recuerda lo que le dijo María. ¿Y si su esposo hubiese estado siempre maldito? ¿Tendría sentido? Nunca antes se había puesto a pensar en el pasado de Wundot Hills, menos aún en el pasado de Blue Lake. ¿Sería, realmente, un lugar maldito? Alguna vez había escuchado historias de ciudades enteras construidas sobre cementerios apaches, ciudades que tenían esparcidas por sus recovecos energías malignas y en las que sucedían cosas muy extrañas. Había escuchado también sobre ríos que, según los antiguos habitantes de sus orillas, estaban vivos y pedían, de cuando en cuando, sacrificios humanos, o simplemente los tomaban sin la necesidad de recibirlos de parte de humanos. ¿Podrá el agua también tomar almas? Cree que Charles siempre tuvo algo raro, que era muy leve, y que ahora, con el tiempo, se ha intensificado. Cree que quizá puede tener todo que ver con la desaparición de Syd. Es posible que esa noche alguna cosa extraña hubiera despertado en Wundot Hills y hubiera enloquecido a Syd llevándolo hasta el agua.

Se acerca al cajón cruzando los dedos para encontrar en ese lugar el diario de su esposo. Para su suerte hoy está ahí. Lo toma entre sus manos con nerviosismo y lo abre en una página al azar:

"24 de junio

Hay muchas cosas que me recuerdan a mi padre y me hacen sentir miserable. Por ejemplo, el olor a alcohol. Es por eso que no puedo tomar ni una sola copa por su culpa y me limito a beber cerveza. Nunca en mi vida he llegado a emborracharme, me daría mucho asco parecerme a mi padre.

Hoy conocí a un hombre horrible. Entró a la ferrería junto a su esposa y su hija adolescente a las seis de la tarde. Su cuerpo emanaba ese olor a alcohol que siempre me ha causado repugnancia. Hablaba con poca claridad y le gritaba a su hija. Tuve que atenderlos controlando mi rabia. Era un tipo barrigón, llevaba un suéter que alguna vez debió ser azul, pero se veía gris. Tenía la barba bastante crecida y una cabellera abundante. Tanto su hija como su esposa lo miraban con miedo. Me hizo pensar en mi progenitor.

El tío Richard intervenía y nos defendía de mi padre, pero luego de que mi madre lo botó a palos de la casa por golpear a su esposo, él no volvió hasta que sucedió lo inevitable, la muerte de papá. Algún día tendré coraje para escribir sobre ese suceso.

El tío Richard era mi héroe cuando yo era pequeño, hasta que lo perdí de vista por completo cuando tenía ocho años."

Derrama lágrimas mientras lee y cuando termina no quiere seguir haciéndolo, por lo que guarda el diario en el cajón y cierra con llave. Después se da cuenta de que su esposo, dos días atrás, había abierto el cajón sin la llave. Comienza a sentirse un poco insegura, pues nota que su marido, en primer lugar, tiene una copia extra de la llave, y, en segundo, seguramente ha descubierto que su copia original no está en el lugar que la había dejado. Trata de pensar en otra cosa y entonces, insatisfecha por lo investigado hasta el momento, se dirige a revisar los archivos de la PC de Charles.

Con la computadora ya encendida, Grace se dirige al escritorio y abre todas las carpetas de su esposo. Encuentra presupuestos para la casa, un archivo de ahorros, distintas propuestas de logos para la ferretería, algunas fotografías de la familia, un par de juegos y unos cuantos archivos que contienen letras de canciones. ¡Nada realmente relevante! Busca, por si acaso, en las carpetas de Chris. Encuentra muchísimos juegos, tareas para la escuela, fotografías de su hijo junto a sus amigos, imágenes de Messi y de Cristiano Ronaldo, videos musicales, etc. Entonces, en medio de ese caos, se encuentra con algo que llama su atención. Es una carpeta con el nombre "7" que está guardada dentro de la carpeta en la que Chris guarda las fotografías de futbolistas. Impulsada por la curiosidad la abre y se encuentra con una sola carpeta dentro de esa carpeta, esta tiene el nombre "x". La vuelve abrir y se encuentra con otras dos carpetas más, hasta que llega a una imagen que tarda en cargarse y que, cuando por fin se hace visible, muestra a Carmen Electra en un cortísimo traje de baño. Se sonroja y cierra con nervios la fotografía.

Después de husmear en todas las carpetas del ordenador, Grace se da cuenta de que, por el momento, no tiene absolutamente nada más qué hacer, pues no tiene el coraje para seguir leyendo el diario. Va a tener que esperar alguna otra oportunidad para investigar a su esposo. Piensa en las cosas que él siempre le dice sobre la infidelidad y se tranquiliza un poco, pues Charles es un hombre serio y le repugna la idea de ser infiel. Se acuerda de cómo odiaba los gritos de Syd y de cómo se ponía sumamente nervioso cada vez que lo oía. Luego piensa en lo que le contó sobre la muchacha universitaria y se abre una nueva interrogante. De pronto un rompecabezas comienza a armarse en su cabeza y logra calzar una historia que le parece creíble: a Syd sí lo mataron, como ella y Gloria pensaron; es algo casi seguro. Muy posiblemente fue su amante quien lo mató y es esa misma persona la amante, también, de Charles. Como Charles no quiere divorciarse, la chica universitaria está cobrando venganza y lo está envenenando. Debe ser una psicópata. Esas conjeturas explicarían a cabalidad el comportamiento de Charles, además de su terrible estado de salud física y el hecho de que supiera que su vecino difunto tenía una amante.

La mente de Grace comienza a dar vueltas atando cabos en la historia y generándole malestar. No le gusta ser paranoica, nunca lo fue; pero ahora las cosas apuntan a que todas estas situaciones son posibles y eso, simplemente, la vuelve loca. Su esposo ha estado actuando raro. En realidad, siempre ha actuado de manera extraña, pero sus rarezas pasaban desapercibidas; ahora se han hecho muy notorias. La mujer desconfía de su marido. Piensa en las cosas que se enteró leyendo el diario, en todas las cosas que Charles le escondió sin motivo alguno. Ahora está segura de que no puede confiar para nada en él.

Temprano en la mañana, después de hacer sus ejercicios, Logan notó que la ventana de la cocina estaba entreabierta. Se estremeció al pensar que alguien había estado merodeando dentro del departamento. Se sirvió un vaso de agua y le sintió un sabor extraño. Susceptible por todas sus sospechas lo escupió inmediatamente y decidió llevar la botella familiar al laboratorio de la policía para que la revisaran. Sacó un energizante de la heladera y luego se alistó para ir al trabajo. Antes de salir de casa revisó todo el apartamento para ver si hallaba alguna pista o alguna cosa fuera de lugar. Al notar que no había nada extraño bajó al garaje. Encendió el automóvil y este comenzó a andar, pero apenas salió del edificio se dio cuenta de que perdía el control del mismo. Salió del coche y, al revisarlo, notó que alguien había incrustado un clavo en una de las llantas. Tuvo que tomar el transporte público para ir a trabajar.

Ahora, en el trabajo, se encuentra muy preocupado por su familia y por sí mismo. Definitivamente alguien está tratando de hacerle daño. Mira taciturno las fotografías de los casos que llegaron en el transcurso de la mañana y se pierde en sus cavilaciones. ¿Por qué Kate se habría despertado diciendo cosas tan feas sobre su madre? Teme por la vida de todos. Lo peor es que las cosas que su mujer le dijo sobre Wundot Hills le dan vueltas por la cabeza. ¿Gloria podría estar tan loca como para inventar ese tipo de historias para desviar la atención de su hermana? Es una posibilidad que hay que considerar. Sin embargo, a Logan se le hace muy difícil juzgar el perfil psicológico de su cuñada por el aprecio que le guarda.

Hoy no le han llegado casos provenientes de su vecindario. Eso le dificulta la investigación personal que tiene, pues es como un día perdido en el que ningún dato ingresa a su bitácora para ser anotado.

En el almuerzo charla con uno de sus compañeros de trabajo, con quien no había tenido la oportunidad de conversar antes.

—¿Cómo te está tratando la nueva ciudad, Logan? —le pregunta el hombre.

—Bastante bien. Es un lugar bastante bonito y limpio.

—¿De verdad crees eso de Wundot Hills?

—Claro que sí. Me gusta bastante.

—¿No te han pasado cosas extrañas? —le dice el hombre guiñándole un ojo.

—¿Extrañas?

—Sí. Cosas raras e inexplicables.

Logan mira a su compañero con curiosidad. ¿Sería prudente preguntarle sobre el lago? ¿No parecería un loco si mencionara sobre las investigaciones de su cuñada?

—¿Inexplicables? ¿A qué te refieres, hombre? Me intrigas.

—Tú sabes.

—En realidad no.

—¿Las leyendas sobre el lago y las almas en pena?

—La verdad es que no lo sé. No tengo idea de qué es lo que me estás diciendo.

—Vamos, Logan. Te escuché hablar con el jefe el otro día.

Él es un tipo muy serio como para saber de esas cosas. Yo te puedo contar algunas historias.

—¿En serio? —pregunta Logan casi susurrando.

—Sí.

—Hombre, ¿no te estás burlando de mí, verdad? —pregunta con susceptibilidad.

—Para nada. —afirma el hombre con un aire de seriedad. Es calvo y tiene los ojos muy grandes, por lo que sus gestos se notan a la perfección—. El edificio en el que vives fue construido por mis familiares —le afirma en voz baja a Logan.

—¿En serio?

—Sí. En realidad, casi todo Blue Lake. Mi abuelo compró esos terrenos a precio de gallina muerta.

—¿De verdad? —pregunta asombrado Logan.

—Sí. Tuvo que limpiar el lago y hacer muchísimo trabajo duro. Pero mira cómo quedó el barrio. Tú vives ahí. ¡Es una belleza! Valió la pena.

Logan se queda mirando a su interlocutor sin decir nada. No sabe si es que está bromeando o si le está contando cosas reales.

—Es muy extraño que lo digas —dice Logan.

—¿Por qué? ¿Te suena a película de terror, Logan?

—No es eso. Es que… es que…

—Es que no puedes creer que la zona más cara de Wundot Hills haya tenido terrenos tan baratos —le dice con algo de sarcasmo el hombre.

—En realidad es algo que me dijeron —confiesa Logan mirando al suelo—. Me contaron cosas que no creí sobre Blue Lake.

—¿Qué le llamaban Wicked Lake?

—Sí —afirma con asombro.

—Puedo contarte bien sobre eso —dice el hombre poniéndole una mano en el hombro a Logan—. Cuando era muy joven iba con mis amigos a emborracharme a la orilla del lago. Era un lugar deshabitado y no había ningún policía que nos dijera nada. Varias veces oímos cosas extrañas.

—¿Cosas extrañas?

—Sí. Quizá pudo haber sido efecto de la sugestión y el alcohol, pero los sonidos eran muy nítidos —el hombre gesticula bastante al hablar y sus ojos son muy expresivos, por lo que cautiva a Logan.

—¿Qué sonidos escuchaban? —pregunta Logan intrigado. Su compañero ya lo ha convencido de que vale la pena escucharlo.

—Escuchábamos voces, Logan.

Ambos se quedan mirándose seriamente, es entonces que termina la hora de almuerzo y tienen que volver a trabajar. Logan se queda un poco perturbado por la conversación con su colega. Gloria tiene razón y, por lo tanto, María también. Tal vez es hora de dejar su escepticismo y comenzar a creer. Quizá, incluso, es posible que, alejándose de su escepticismo, encuentre una respuesta a los asesinatos, una respuesta que le es imposible notar porque está pensando con demasiada racionalidad. Tal vez tiene que cambiar de parecer respecto a los sucesos sobrenaturales y las energías malignas. Además, su esposa hace ciencia, es doctora, ¿si ella cree en esas cosas, por qué no puede también creerlas él?

Esa noche Charles llega a casa bastante silencioso. No charla en la cena ni con sus hijos ni con su esposa, se limita a mirarlos conversar mientras come. Grace no tiene muchas ganas de preguntarle nada, pues siente que ya no puede confiar en él. Los chicos hablan sin parar, están felices y, en esta ocasión, es un alivio para sus padres escucharlos contarse tantas cosas. Grace mira a Chris y se acuerda de la fotografía de Carmen Electra, piensa si es prudente mencionarla. Decide no decirle nada, por lo menos no por el momento. ¿Cómo se excusaría por haber estado revisando los archivos de toda la familia en la computadora? Además, es mejor que la pequeña Samantha no escuche esa conversación, es demasiado joven aún.

Después de la cena, los chicos se levantan y se van a la habitación de Chris, él tiene algo que mostrarle a su hermana. Grace se queda recogiendo los platos en la mesa y Charles la ayuda en completo silencio. Impulsada por la situación incómoda del mutismo, la mujer decide entablar una pequeña conversación con su marido.

—¿Cómo te fue hoy en la ferretería, Charles?

Él se siente un poco atacado al escuchar que su esposa lo llama por su nombre, pues, generalmente, se dirige a él con apodos amorosos como "mi amor" o "mi cielo". Y las pocas veces que le dice por su nombre tiene un tono de voz dulce; ahora su voz es fría.

—Bien, mi amor. Muy bien.

—¿Alguna novedad? —pregunta cortante Grace.

—No. Tuve el trabajo de siempre.

—¿Cómo está tu estómago?

—Mucho mejor. Gracias por tus cuidados, linda. — Charles mira amorosamente a su esposa, quien le voltea la cara para concentrarse en los platos.

—Eso es bueno. Espero que dejes de comer afuera. Mi comida es buena, Charles. No entiendo por qué buscas alimento en otros lugares.

—Te juro que no lo hago. Y no es que tu comida me haya hecho daño, simplemente es que he estado bastante nervioso y eso ha removido mi estómago.

—¿Por qué estás nervioso? —Grace se da la vuelta para lanzarle una mirada inquisidora a su esposo.

—No lo sé, amor... —Charles se siente intimidado por cómo lo ve su mujer—, por el trabajo. Ha sido un poco agotador las últimas semanas, pero me hizo muy bien descansar el sábado. ¡Estoy como nuevo!

Grace se da la vuelta y vuelve a lavar los últimos platos que le quedan sucios sobre la mesa. Cuando acaba deja los guantes de látex sobre el fregadero y se va hacia su habitación. Pocos minutos después Charles aparece, coge su ropa deportiva y eso saca de sus casillas a Grace.

—¿Irás a correr después de haber estado tan enfermo? —le pregunta.

—Sí, mi amor. Necesito aliviar un poco el estrés. Sabes que el ejercicio me hace bien.

—Me parece una locura que salgas a correr en este frío después de haber estado tan mal del estómago.

—Iré muy abrigado. Mira

Le muestra a su esposa las medias gruesas que tiene puestas. Grace se queda mirándolo con algo de desdén. Es entonces que se da cuenta de que si su marido sale ella podrá leer con absoluta libertad su diario, pues, obviamente, si va a correr no tiene sentido que lleve nada extra. Se da la vuelta fingiendo ordenar algo en la cama y le responde a su esposo.

—Está bien, Charles. Tengo que confiar en ti y en tus capacidades de cuidarte solo.

—¿Estás enojada?

—No. Para nada. Simplemente estoy un poco preocupada por tu salud. No quisiera que te enfermes de nuevo.

—No me enfermaré, mi amor.

—¿Lo prometes? —mira a su esposo con ternura al decir esto.

—Lo prometo.

Charles se cambia mientras Grace lee una revista, le da un beso en la frente y sale del departamento. Ella tiene la intención de abrir inmediatamente el cajón del velador de su marido, y es entonces que escucha que Samantha llora en la habitación de Chris. Tiene que correr a ver qué es lo que ha sucedido. Camina por el pasillo y abre la puerta enfurecida.

—¡¿Qué ha sucedido, Chris?!

—Nada. Yo no hice nada. Sami se lastimó.

Samantha no deja de llorar y tampoco puede explicar lo que siente. Su madre se le acerca y le besa la frente. Chris está asustado, por lo que Grace entiende que, en esta ocasión, realmente él no es el culpable del llanto de su hija.

—Ya hijita, cálmate. ¿Dónde te duele? —Samantha señala su codo—. Ya, pequeña. Pasará. ¿Quieres ir al cuarto de mamá un rato? —Sami asiente con la cabeza mientras su madre le frota con delicadeza el codo. Chris mira la escena preocupado por su hermanita.

Ya en la habitación, Samantha se tranquiliza y comienza a contarle a su madre sobre el álbum de monstruos que su hermano le estaba mostrando. Después se acuerda de cómo se golpeó con el borde de la cama y su rostro cambia a una expresión de tristeza. Chris entra suavemente a la habitación de sus padres y pregunta si Sami se encuentra bien, ella se dirige hacia la puerta y abraza a su hermano mayor, luego vuelve a la cama para seguir charlando con su madre y Chris las deja.

Los minutos pasan y Grace comienza a desesperarse por leer el diario de su esposo, pero, al parecer, Sami está muy feliz charlando con ella. Mira su reloj y se da cuenta de que son poco más de las once de la noche, por lo que su hija ya debería estar dormida. Le hace notar la hora y ella comienza a hacer un berrinche. No tiene la más mínima intención de irse a su cama. Chris entra a la habitación creyendo que su hermanita está volviendo a llorar por el golpe que se dio con su cama, pero al darse cuenta de que su llanto es por no irse a la cama la regaña, según él para ayudar a su madre. Esto solamente empeora las cosas. La madre de los chicos pierde la cabeza, pues, por un lado, siente que va perdiendo totalmente el control sobre su familia y, por otro, tiene una necesidad urgente de abrir el cajón del velador de Charles.

Después de casi cuarenta y cinco minutos de pelea, al fin los dos hijos se meten en la cama. Grace entra a su habitación suspirando y escucha la puerta. Charles ya ha vuelto a casa después de correr.

16

DESPUÉS DE UNOS DÍAS, Logan tiene bastantes datos que le sirven para encontrar a la persona culpable del asesinato de su cuñado. Gloria queda descartada, pues se da cuenta de que todos los crímenes que suceden por su barrio tienen que tener un solo autor, y su cuñada no puede ser porque ya no vive ahí y porque descubrió que hubo crímenes cuando ella estaba de visita en su casa de Cheverdale. La sospechosa principal es la amante de Syd. Comienza a pensar que la muchacha es también amante de Charles, pues el otro día espió una conversación de María y Grace en la que pudo entender que la última tenía esa sospecha y que la chiquilla estaba envenenando a su marido en venganza por no divorciarse. Es terrible, pero de esa manera todo tendría sentido. El deterioro de la salud de su vecino, el nerviosismo de este al hablar de ella y el hecho de que él supiera sobre ella antes de que Gloria lo mencionara a cualquier persona. Lo único que no calza con sus sospechas, y que le cuesta explicar, es la razón que tiene la muchacha para envenenar a Charles, a diferencia de sus otros amantes. ¿O quizá es un paso previo a darles muerte? ¿Hacerlos sufrir?

Después de los análisis realizados en el laboratorio criminológico de la policía, se llegó a la conclusión de que la sustancia con la que se había mezclado el agua de mesa de los Clarks era anticongelante, un terrible veneno que deteriora el sistema nervioso y los riñones. Aquel dato lo dejó horrorizado y no pudo pegar el ojo durante tres o cuatro días, atento a escuchar algún ruido fuera de lo normal. Fue entonces que comenzó a investigar más a fondo sobre la amante de Syd, por lo que comparó las descripciones de Charles con las fotografías de todas las mujeres entre los dieciocho y treinta años con las características físicas descritas y que residieran en albergues estudiantiles cerca a Blue Lake. Sus tres sospechosas son Tina Acker, Audrey Kinsley y Melissa Wyght. Se inclina más por Tina, pues es la que tiene mejor aspecto de las tres, a pesar de que las tres son mujeres muy sensuales y llamativas. Además, ella es la que tiene la piel más pálida, por lo que calza mejor con la descripción de su vecino.

Siguió preguntando sobre leyendas respecto al lago de la ciudad y quedó fascinado con algunas de ellas. Hace poco se enteró, por boca de la frutera, de una historia que llamó mucho su atención. Resulta que existe una leyenda sobre una mujer que, a fines del siglo XIX, se enamoró perdidamente de un hombre casado. Como su relación era prohibida la mantuvieron en secreto y su lugar de encuentro era aquel desolado terreno junto al lago. Una noche, su amante le prometió fugarse con ella y dejar a su familia. Se citaron en el lugar acostumbrado y ella lo esperó, pero él no llegó hasta muy entrada la noche; fue entonces que la llevó caminando hasta el lago, al que la empujó para deshacerse por completo de ella. La leyenda cuenta que su alma vagabundea por los recovecos de Blue Lake y que odia a los hombres, por lo que se les aparece en las noches cuando caminan solitarios. Seducido por aquella historia fabulosa, triste y macabra, siente la tentación de atribuir todas las muertes de hombres a aquel espíritu; pero le parece algo muy tonto y poco probable.

Está muy seguro de que el asesino es una mujer. Decide ser muy directo con su amigo Charles y, con las fotografías de sus tres sospechosas en la mano, pedirle que identifique a la chica. Leerá su lenguaje corporal y tratará de encontrar respuestas. Si ella fuera también su amante, él juraría guardar el secreto. Total, ya se han ganado cierta confianza mutua.

María, por su lado, investiga en la hemeroteca buscando noticias antiguas que hablen de Wicked Lake. Ha encontrado una pista interesante en un periódico del año 1978, como le dijo su hermana. Se trata de la noticia de que un excéntrico millonario quiere comprarse los terrenos baldíos que están cerca del lago. No habla del lago embrujado, simplemente dice que es un lugar deshabitado y que se encuentra en un estado terrible, que la restauración va a salir demasiado cara. Ha encontrado también, en un periódico de 1948, la noticia de que unos niños se perdieron a orillas del "lago embrujado". Tiene la esperanza de seguir encontrando pistas para comprender cuál podría ser la maldición que pesaría sobre este lugar.

Su esposo le ha contado sobre el agua de mesa con anticongelante y ha admitido, al fin, que estaba mintiendo respecto a los ruidos todo el tiempo, pues él también los ha escuchado las mismas veces que ella. Se armó una pelea que fue resuelta con muchos "lo siento" de parte de Logan. Él le explicó, cariñosamente, que tenía la sospecha de que quien entraba al departamento forzando los seguros de las ventanas era un asesino y no quiso meterles pánico ni a ella ni a Kate. María se molestó bastante al escuchar la verdad, pero luego decidió disculpar a su marido y contarle sobre todas las cosas que Gloria le había dicho respecto a Wicked Lake. Aunque él le comentó que no creía en ninguna de esas leyendas, le prometió que hablaría con algún especialista en ese tema para que revisara su hogar.

En la noche, Logan llega a su departamento y cena junto a su mujer y su hija. La relación de pareja ha mejorado bastante, por lo que el señor Clarks le dice, en confianza, a su mujer sobre las sospechas que tiene respecto al asesinato de Syd y la muchacha universitaria. También le dice que cree que Charles puede conocerla y que va a pedirle ayuda. María le pregunta por qué Charles la conocería y, al no recibir respuesta, deduce que su vecino puede haberle confesado a Logan que tiene una relación amorosa con la muchacha, lo cual confirmaría las sospechas de su amiga. Después de terminar la conversación deja que su marido vaya al departamento de enfrente e inmediatamente le manda un mensaje de texto a Grace contándole sus sospechas.

Logan toca el timbre y Charles le abre.

—Logan, ¿cómo estás? —lo saluda Charles un poco sorprendido.

—¿Cómo estás, Charles? —se estrechan la mano mientras se saludan.

—Todo bien.

—Dime, ¿estás ocupado?

—No, para nada. —Se rasca la cabeza y mira dentro del departamento—. ¿Quieres pasar? Te invito a un trago.

—¿Qué te parece si mejor vamos a charlar a otro lugar? Tengo que comentarte bastantes cosas —le dice mientras le guiña el ojo.

—Déjame despedirme de Grace.

Charles entra al departamento y le dice a Grace que saldrá un momento con Logan. Grace le dice que, por favor, no vuelva muy tarde y le da un beso. Charles vuelve hacia la puerta.

—Vámonos.

Mientras bajan por el ascensor, Logan le cuenta sobre las averiguaciones que hizo respecto a las leyendas acerca del pasado de Wundot Hills. Charles se limita a escucharlo, fascinado por aquellas historias fantásticas que parecen sacadas de una película.

Grace, que había dejado su celular en la habitación mientras acostaba a Sami, lee recién el mensaje de texto que María le ha mandado. Lo lee varias veces para cerciorarse de haberlo entendido correctamente. Agobiada al notar que no se ha equivocado, llama a su amiga.

—¿María?

—Grace, lo siento. ¿Cómo estás?

—No lo sé. ¿Estás segura? ¿Cómo sabes esto?

—Logan hizo un comentario que me llevó a pensar eso. No estoy 100% segura de que así sea, pero es mi mayor sospecha.

—¿Qué comentario hizo?

—Que le preguntaría a Charles quién es la muchacha porque, de seguro, él lo sabe.

—Bueno. Podría ser porque Charles alguna vez la vio junto a Syd.

—Tal vez sea eso, Grace. Tal vez. —Se hace un pequeño silencio en la conversación. Es entonces que Grace comienza a llorar del otro lado del teléfono, María trata de darle ánimos —. Querida, todavía no sabemos si es cierto, así que hay que tener un poco de paciencia. Dime algo. ¿Charles dejó hoy su diario?

El llanto de Grace es frenado por aquella pregunta. ¿Cómo no se había dado cuenta? Esta es su oportunidad. Los chicos están acostados, Charles no está y ha salido con nada más que su billetera y su celular. A pesar de que le preocupa que su esposo haya cambiado el seguro del cajón al notar que una de las copias de su llave ya no estaba en el lugar en el que la había dejado, hace el intento de abrirlo.

—Déjame revisar, María. —Abre el cajón de la mesa de velador de su esposo sintiéndose muy afortunada de poder hacerlo y encuentra el cuadernito. Se emociona mucho, aunque se queda un poco perspicaz, pues no comprende cómo es que su marido aún no nota la ausencia de una de las llaves—. ¡Aquí está, María! ¡Aquí está!

—Es tu oportunidad de leerlo.

—Sí. Ahora, antes de que lo abra, cuéntame cómo te va con Logan.

—Las cosas han mejorado bastante. Te contaré mejor después. Ahora, Grace, no debes perder más tiempo.

—Tienes razón, María.

—Hablamos después, cuídate.

—Adiós.

Ambas mujeres cuelgan sus celulares al mismo tiempo. Grace se pone de pie para asegurarse de que sus hijos no estén dando vueltas por el departamento. Al ver a Chris metido en cama y atento a un videojuego, y a Samantha dormitando, se dirige hacia su habitación. Está ansiosa y sumamente exaltada.

El café La rose es mucho más calmado que el bar, por lo que se convierte en la mejor opción para conversar para Logan y Charles. Se sientan y esperan a ser atendidos por la mesera. Después de ordenar, Logan inicia el interrogatorio amistoso.

—Charles, hombre, somos amigos, ¿verdad?

—Sí, lo somos —afirma él sonrojándose un poco. Se siente nervioso al hacer ese tipo de afirmaciones afectuosas.

—Te he contado sobre mis problemas con María y las sospechas que tengo respecto a Gloria.

—Lo sé, y lo aprecio muchísimo. Aprecio que confíes en mí.

—¿Tú confías en mí? —Charles se queda dubitativo mirando hacia la ventana—. ¿Charles?

—Confío en ti, Logan —dice sintiendo cierta vergüenza, pues, en realidad, no confía en nadie.

—¿En serio?

—¿Por qué lo preguntas?

—Tengo que preguntarte algo muy delicado.

La mesera los interrumpe para ponerles sobre la mesa el pedido. Charles siente algo de alivio, como si la campana lo hubiera salvado, pero inmediatamente su vecino retoma el interrogatorio amistoso.

—Se trata de la amante de Syd. —Charles comienza a sudar. —Creo que tú puedes ayudarme.

—¿Con qué, Logan? —se lleva el jugo de fresa que ha pedido a la boca.

—Antes, tengo que confesarte sobre una sospecha que tengo. —Charles vuelve a llevarse el jugo a la boca para no contestar. —Mira, sé que preguntarte esto es muy incómodo, pero… pero… —Logan no sabe cómo proceder, hasta que encuentra, finalmente, el valor—, pero algunas cosas me llevan a pensar que tú también sales con esa muchacha.

—¿Qué? —pregunta Charles asombrado.

—Perdona mi atrevimiento. Si es que mi sospecha fuera cierta, te juro no decirle nada a Grace. Y si me estoy equivocando, me disculpo contigo.

Charles se queda cabizbajo sin decir absolutamente nada. Posa su cabeza sobre ambas manos y se rasca el cuero cabelludo.

—Charles, lo siento —le dice Logan interrumpiendo sus cavilaciones—. Tal vez esto no es algo de mi incumbencia. Solamente pensé que, si esta sospecha mía es cierta, pues eso explicaría tus dolores de estómago. Tal vez la muchachita es vengativa y, sabiendo que tú no vas a dejar a tu esposa, trata de envenenarte. Pero…, pero, en fin, no me incumbe. Lo único que te pido, amigo mío, es que me ayudes a reconocerla.

—¿Qué cosas te llevan a pensar que yo salgo con ella? —El tono de voz de Charles es serio y seco. Su mirada sigue clavada en el suelo.

—Lo siento, hombre. No quería hacerte enojar.

—Dime. —Se yergue sobre el asiento y mira fijamente a su vecino—. Por favor.

—En realidad…, en realidad…, ay, hombre, no interesa.

—Claro que sí. Sí interesa.

—No. Ya no me meteré en tus asuntos —afirma Logan mientras enciende un cigarrillo.

—Te ayudaré a identificarla si me dices la verdad —afirma Charles muy serio—. ¿Por qué crees que yo también salgo con ella?

—Es que me parece muy extraño que te hayas puesto tan nervioso la primera vez que me la mencionaste —afirma Logan en un tono pausado y calmo, tratando de no encolerizar a su amigo—. Además que es la única explicación que le encuentro al deterioro de tu salud, que ella te esté envenenando.

—¿Hay algo más? —pregunta Charles con una mirada desafiante.

—Sí. Debo ser sincero contigo —dice Logan con determinación. —Mi esposa y la tuya tienen esa sospecha, las escuché hablando por teléfono y no estoy totalmente seguro, pero creo que lo mencionaron. —Charles mira fijamente a su amigo. Está muy serio e incluso un poco enojado.

—Mira Logan: los dolores de estómago son a causa del estrés. Y, solamente para que lo sepas, no tengo absolutamente nada que ver con ella.

—Está bien. Lo siento y te creo.

—No me importa, en realidad, que me creas. Me molesta que mi esposa no lo haga.

—Lo siento, Charles —le dice Logan poniéndole una mano sobre el hombro. Él, inmediatamente, se la quita y sigue hablando.

—La identificaré. Creo que tus sospechas de que ella es la asesina son acertadas.

Logan le muestra en su celular fotografías de las tres sospechosas.

—¿Cómo conseguiste estas fotos? —pregunta Charles.

—¡Soy policía! —le responde Logan guiñándole un ojo.

—Es ella —dice Charles señalándole la fotografía de Audrey Kinsley sin pensarlo dos veces.

—¿Estás completamente seguro?

—Sí. La recuerdo bien.

—¿Por qué antes no podías describírmela con precisión? —pregunta Logan mirando fijamente a Charles. Charles se pone muy nervioso e inventa algo rápido para salir del apuro.

—Soy malo describiendo personas. En realidad, soy malo describiendo cualquier cosa.

—Tienes que saber, Charles, que puedes confiar en mí. Si es que estuvieras saliendo con ella lo más prudente sería que dejaras de hacerlo porque, según sospecho, está chica está un poco mal de la cabeza.

—¿Asesinar a un hombre te parece estar un poco mal de la cabeza?

Logan mira sonriente a su amigo y lanza una carcajada. Luego los dos comienzan a reírse alegremente.

Grace sigue sin encontrar muchos rastros en el diario de

su esposo. Casi todas las entradas son herméticas y llenas de omisiones, en ninguna de las que lee encuentra muchos más detalles sobre su vida personal. Siempre repite sus afirmaciones sobre la terrible infancia que tuvo y sobre el odio que les guardó a sus padres. Casi no habla del presente, a excepción de las veces en las que afirma que se siente muy mal de no decirle la verdad a Grace. ¿De qué verdad habla? ¿Solamente de su infancia, o esconde algo más? ¿Será algo lo suficientemente grave como para que él no se lo cuente ni siquiera a su diario?

Un poco abrumada cierra el diario y suspira. Va a la cocina, se sirve un vaso con leche y vuelve a su habitación para continuar con su búsqueda, no puede darse por vencida. Es entonces que abre el diario en una página al azar y, milagrosamente, aparece una entrada que le proporciona un poco más de información. Es una entrada reciente.

"14 de febrero

Cada martes 13 la gente cree que pueden pasar cosas terribles, es entonces el momento perfecto para darles la razón y asegurarse de que todo lo que ocurra sea horrible. Hoy la gente estuvo como loca en las calles. Vendí muchísima mercadería en la ferretería, vendí mucho más de lo que acostumbro vender. Es como si hubiera hecho un pacto con el demonio.

Es difícil saber si uno está haciendo las cosas correctas cuando a tu alrededor solamente hay maldad. Eso fue lo que me ocurrió a mí siempre. Quería ser una buena persona, todavía quiero serlo, pero las situaciones de mi vida nunca me permitieron diferenciar los actos buenos de los malos. A veces creo que soy el ángel guardián de la gente que me rodea, a veces creo que estoy poseído por el demonio. Este último pensamiento me aterroriza.

Todo empezó un martes 13, me acuerdo muy bien porque esa mañana mi madre nos despertó diciéndonos que tuviéramos muchísimo cuidado porque era un día de mala suerte en el que todo lo malo podría ocurrir. Al escuchar sus palabras yo pensé que no tenían sentido, pues cosas malas nos pasaban casi todos los días. A mi hermana la habían violado unos

154

pocos días antes, y si eso no era algo terrible, no sé qué cosa podría serlo. Luego lo entendí.

Antes de intentar contar la historia sobre aquel martes 13, creo que me detendré a recordar algunos de los terribles sucesos que me hicieron pensar ese día que ya era suficiente y que nada más debía volver a pasarnos. Más o menos tres años antes de aquel horrible día mi padre asesinó a nuestra media hermana frente a nosotros, todo porque ella no era digna de vivir en la casa por no ser hija suya. No recuerdo si unos meses antes o después de aquel suceso mi padre golpeó a una vecina, todo porque había ido a visitarnos. La mujer era muy anciana y débil, por lo que, después de la golpiza, tuvo que estar internada varios días en el hospital. Nunca más la volvimos a ver por el barrio. Tengo que recordar también el día que mi padre golpeó tanto a mi hermano Mike que este se desmayó y no logró recuperar el conocimiento hasta varias horas después. Y, por si eso no fuera suficiente, también puedo pensar en el día en el que mi madre se emborrachó sola en casa y, por los efectos del alcohol, salió desnuda a la calle. Cuando mi padre llegó, también borracho, le rompió el brazo. Y, claro, cómo olvidar la violación de Christina. Ella tenía apenas ocho años en aquel tiempo, era una criatura. Llegó a la casa con el pantalón completamente ensangrentado y chillando de dolor. Mi madre estaba con alguna pastilla que no le permitía pensar y fue entonces que tuvimos que llevarla, yo y Mike, al doctor. En el hospital nos echaron la culpa, creyeron que nosotros seríamos capaces de hacerle ese terrible daño a nuestra pequeña hermana. ¿Si esos sucesos no eran terribles, qué más podría serlo?

Aquel martes 13 en la noche me di cuenta de que uno nunca ha caído lo suficientemente bajo. Aquel martes actué como un ángel, o quizá como un demonio. Cada vez que lo recuerdo me gusta pensar que era Dios quien me hablaba y me rogaba que hiciera lo que hice, aunque a veces me convenzo de que fue entonces que comencé a perder la cordura.

Ya estaba harto de todo, cansado de mi vida, hastiado de mi padre y de sus golpizas y gritos. Esa noche llegó más borracho que de costumbre junto a una mujer. La mujer era gorda y vulgar, además de tener una voz fuerte y horrible que espantaba a cualquiera. Mi madre, convencida de que ese día sería malo, se había emborrachado sola. La mujer comenzó a golpearla burlándose de ella, mi padre se reía de la escena y fue entonces que yo me entrometí. Le grité, ya no recuerdo qué fue lo que le dije, pero él se enfureció y comenzó a golpearnos a mí y a mi madre. La mujer gorda salió de la casa aturdida por la situación. Yo trataba de luchar contra mi padre, pero no era lo suficientemente fuerte como para aplacar la rabia con la que nos pegaba en ese momento. Él enloqueció y me encerró con llave en la habitación que compartía con Mike para golpear tranquilamente a mi madre. Mis hermanos salieron a la sala y se pusieron a llorar, por lo que también comenzó a darles golpes a ellos. No sé de dónde saqué fuerzas para lanzarme contra la puerta y derribarla, pero lo hice. Corrí a la sala y, sin saber qué más hacer, saqué alcohol del baño, los fósforos de la cocina, corrí hacia mi padre para darle una patada y le prendí fuego. Mi madre y mis hermanas corrieron fuera de la casa.

Nunca había podido recordar con tanta claridad ese día, hasta ahora que también fue martes 13 y salí de casa…

La imagen de mi padre en llamas se grabó para siempre en mi memoria. Cada vez que la visualizo siento algo de placer y, a la vez, un extraño remordimiento.

No recuerdo muy bien qué fue lo que ocurrió después. Creo que fueron los bomberos a ayudarnos y el tío Richard apareció. No puedo recordarlo con precisión.

Desde entonces, cada martes 13, pienso que la gente está predispuesta a empeorarlo absolutamente todo. Las personas son malas y esa maldad es lo que las hace temerosas.

Solamente confío en Grace. Ella es un verdadero ángel. Quisiera contarle toda la verdad, decirle absolutamente todo, pero estoy muy seguro de que nunca me perdonaría. No podría aguantar el hecho de que maté a mi propio padre."

Grace se queda impávida después de leer esa entrada, no puede creerlo. Simplemente no puede creerlo. Nunca imaginó nada de lo que leyó. Ni siquiera conoció a Mike ni a Christina. ¿Por qué su marido nunca se los habría presentado?

¿Habrían sobrevivido a aquel incendio? ¿Cómo habría sido capaz? ¿Cuánto habría sufrido antes de asesinar a su padre? Siente una mezcla de lástima y repulsión hacia su esposo. Lástima por todas las cosas que tuvo que pasar y repugnancia por el hecho de que tuvo el coraje para prenderle fuego a su padre. Quiere llamar a María para desahogarse, pero sabe que no tiene sentido, que no podría contarle tantas cosas.

Charles y Logan siguen charlando en el café La rose. Charles le cuenta sobre lo extraña que anda últimamente Grace y Logan le aconseja que hablen con sinceridad, que se digan todas las cosas que les molestan. Se les pasan las horas y, al notarlo, ambos se preocupan por llegar demasiado tarde a sus hogares. Piden, entonces, la cuenta y se van.

Logan está feliz porque al fin tiene los datos completos de su sospechosa principal: Audrey Kinsley. Ahora tiene que investigarla solamente a ella y ver qué es lo que hace día a día. Camino a su departamento le pregunta una vez más a su amigo si es que de verdad no tiene ningún tipo de relación con ella y él vuelve a contestarle, un poco molesto, que no.

Charles llega a casa y encuentra a Grace dormida, por lo que se acuesta a su lado, le da un beso en la frente y se duerme.

En realidad, Grace solamente está fingiendo estar dormida porque no quiere tener ningún tipo de conversación con su esposo. Sigue pensando en las cosas que leyó y en todas las incertidumbres nuevas que aquellas cosas le trajeron. Necesita más tiempo para leer el diario. No es una tarea fácil, pues, con cada dato nuevo se siente golpeada y un poco traicionada. Definitivamente su esposo no es la persona que ella creía que era. Ahora, además de sentir lástima y un poco de repugnancia por él, siente también miedo. ¿Qué tal si, en realidad, su esposo fuera un psicópata?

17

LOGAN ESTÁ DISPUESTO A IR hasta la casa de Audrey Kinsley para investigarla un poco. Cree prudente seguirla por las noches, ya que en el trabajo no le permiten salir para realizar su propia investigación respecto a los homicidios. Su jefe dice que aún carece de pruebas y que, dado el tiempo que le está tomando, es mejor que no continúe y que se concentre en los casos que llegan todos los días. Cada vez que la ve en la puerta, ella está acompañada de alguna amiga o de algún hombre. Siempre la ve junto a tipos bastante mayores que ella. María sabe sobre la investigación de su esposo y cada vez que este vuelve a casa le pregunta cómo le fue, para ver si es que así confirma las sospechas que tienen respecto a que la muchacha es también amante de Charles.

Una noche, mientras Logan está estacionado frente al edificio de la muchachita, comienza a sentirse observado. Mira todas las ventanas de los alrededores y solamente ve algunas de las luces encendidas, nadie se asoma. Observa con atención las ventanas de los costados de su automóvil y nota que no hay nadie que lo mire desde afuera. Entonces, suspira y acomoda el retrovisor para ver por él. Se da con la sorpresa de que Charles anda corriendo por ahí. Sonríe y baja del vehículo. Cuando su vecino lo nota se sobresalta y lanza un grito, casi mudo, de horror.

—¡Logan!

—Charles, te encontré —le dice guiñándole el ojo.

—¿Qué haces aquí? —pregunta nervioso.

—Acércate y te cuento sobre mis investigaciones.

Charles obedece y se sube al automóvil de su vecino. Logan está muy entusiasmado y se le nota en el rostro.

—Cuéntame —le pide Charles recobrando el aliento.

—¿Vienes hasta aquí a correr?

—Algunas veces, Logan. Es un lugar bastante tranquilo, por eso me gusta.

—¡Me parece excelente que te ejercites! —afirma Logan poniéndole una mano sobre el hombro a su amigo.

—Ahora cuéntame —reitera Charles.

—Esta bien. Audrey Kinsley vive en este edificio. La he estado observando la última semana. ¿Sabes? Parece una chica muy normal.

—Seguramente que así lo parece.

—Pero he notado algo extraño en ella.

—¿En serio? —pregunta Charles.

—Sí. Cada vez que la veo acompañada de algún hombre me doy cuenta de que este es bastante mayor que ella. Y todas las veces que vine la encontré acompañada.

—¿Ella te vio?

—No. Es una chica un poco distraída. Es muy amigable. Creo que por eso seduce a tantos hombres.

—Sí. Y seguramente también por su físico.

—Indudablemente, amigo. Es una mujer bastante hermosa.

Justo en ese momento la muchacha sale a la puerta de la

calle acompañada de un hombre que tiene alrededor de cincuenta años. Ella está bastante despeinada y el tipo se sube la bragueta. Ambos sonríen con cierta malicia.

—Sabía que no se contentaría solamente con un amante —afirma Charles.

—Es el tercero que veo hasta el momento —le cuenta Logan.

Los dos se quedan mirando a ambas personas en silencio. Entonces Logan vuelve a compartir sus pensamientos con su amigo.

—¿Sabes? Hay algo que me hace pensar que la asesina no es ella.

—No seas piadoso, Logan. Esa mujer está mal de la cabeza, hay que admitirlo.

—Es que… Al parecer su vida social es muy activa, no creo que, entre los estudios, los amantes y sus amigas, le sobre el suficiente tiempo como para planear asesinatos.

—Probablemente tiene alcahuetes, Logan.

—Es posible. Pero me parece un poco irreal.

—Así funcionan las mentes enfermas —dice Charles con un tono serio.

—No creo que esté enferma. Pienso que, simplemente, es muy sociable. Nunca vi a ningún tipo con facciones que correspondan a una fisionomía antisocial saliendo de aquí.

—¿Entonces, Logan? —pregunta Charles con preocupación—. ¿Si tu sospechosa principal, Audrey Kinsley, fuera inocente, volverías a sospechar de Gloria?

—Eso tiene menos sentido, hombre. Gloria no tendría razones para matar a tanta gente. Además, vive algo lejos. Hace tiempo que la borré de mi lista de sospechosos.

—¿No quieres seguir espiando a Audrey? —pregunta Charles—. Es que no me parece una persona de fiar.

En ese momento la muchacha mira el automóvil estacionado y, al notar la presencia de dos hombres, les sonríe coquetamente. Definitivamente, no tiene idea de nada de lo que se sospecha sobre ella.

—¿No la ves? Ni siquiera tiene la menor idea de quiénes somos. Si fuera ella la responsable, ya me hubiera reconocido. ¿O es que es tu amante?

—¡No! Nunca hablé si quiera con ella.

—Nos está mirando seductoramente —afirma Logan con seguridad. —Nos está coqueteando, Charles. Ella no puede ser culpable de las cosas que suceden en mi hogar; quizá sí de los asesinatos.

—¿Entonces quién, Logan?

—No lo sé, amigo —confiesa Logan con resignación y lanza un suspiro—. ¿Te llevo a casa? ¿O prefieres seguir corriendo? —le pregunta a su vecino.

—Llévame. Estoy un poco cansado. Creo que me excedí hoy.

—Sí. Aún te ves sudado —le dice Logan con una gran sonrisa en el rostro.

Llegan al edificio en poco tiempo y se despiden en el pasillo de su piso, entonces cada uno entra a su departamento. Cuando Logan entra a la casa, Kate ya está dormida y su esposa lo espera con la cena lista. Él le da un beso y ella le pide que le cuente qué más averiguó. Su marido le comenta sobre su encuentro con Charles, ella se muestra impávida, pero, en su interior, comienzan a formarse muchos interrogantes.

Charles entra muy cansado al departamento. Chris ya está dormido y Samantha sigue peleando con su madre porque no quiere dejar de ver televisión. La pequeña es persuadida por un solo grito de su padre de irse a la cama y no molestar más.

Luego se dirige hacia la habitación matrimonial para ponerse el pijama. Grace va detrás de él. Entonces, Charles abre su cajón de calcetines y comienza a protestar.

—¡Grace! ¿Viste una llave por aquí?

—No, amor. Sabes que no toco tus cajones —le responde sin mirarlo a los ojos.

—Es que… —dice Charles revolviendo la ropa—, no la encuentro y yo la dejé aquí hace unas semanas.

—¿Qué hacía una llave en tu cajón de ropa? —pregunta Grace tratando de cambiar de tema.

—Es una llave especial que quería ocultar de los niños —afirma él con un tono firme—. Hay cosas que los chicos no pueden tocar en esta casa.

—Podías guardarla en un lugar menos caótico.

—¡Grace! ¡No la encuentro! ¿De verdad no sabes dónde está?

—No. No lo sé —miente ella.

Él se aleja resignado de su cajón de calcetines, se lanza sobre la cama y se quita los zapatos. Se ve muy nervioso a pesar de su resignación. Grace se acuesta sin prestarle demasiada atención. Es entonces que él vuelve a protestar una vez más.

—Espero que ninguno de los niños haya encontrado la llave. Tú estás aquí todo el día, eres quien los controla.

—No lo sé, Charles. A veces salgo y dejo a solas a Chris. Pregúntale a él sobre tu llave.

Enojado se quita toda su ropa deportiva y, a diferencia de otras veces, la deja al pie de la cama. Se acuesta y le toma mucho trabajo dormir, pues se queda pensando en las posibilidades de que uno de sus hijos tomara su diario. Le parecen catastróficas. Se duerme con la esperanza de haber movido él mismo la llave para esconderla en otro lugar.

En la madrugada, María manda un mensaje de texto a Grace contándole que Logan se ha encontrado con Charles corriendo muy cerca de la residencia de la tal Audrey Kinsley.

18

MARÍA, afectada por su encierro en casa, decide ir de visita a Cheverdale unos días junto a Kate. Invitan a Samantha, para que la pequeña no se sienta muy sola. Una amiga las alojará en su casa. Al día siguiente de la partida de su familia, Logan se ve con más tiempo libre que de costumbre, pues está solo en casa, así que decide lavar su automóvil. Baja al garaje con una cubeta y un trapo, pero apenas enciende el interruptor de luz el foco se quema. Sube a su departamento para coger una linterna y tratar de arreglar el problema. Vuelve a bajar con la linterna y escucha pasos que se aceleran a medida que él se acerca al garaje. Busca, con la linterna, la procedencia de los pasos con mucho nerviosismo, tiene miedo de encontrarse con la persona que entra a su hogar para causarle daño, pues está desprovisto de armas.

—¿Quién anda ahí? —pregunta sin obtener respuesta. Sus manos sudan—. Soy policía y estoy armado. ¿Quién anda ahí? ¡Responda!

Los pasos cesan y absolutamente nadie le dice nada. Logan avanza lentamente por el garaje del edificio, esperando encontrarse con un hombre enmascarado. Es entonces que un ruido muy fuerte lo sobresalta. Lanza un grito de terror y entonces vuelve a escuchar los pasos que, esta vez, sigue. Cuando llega a las gradas que conducen a la planta baja se da cuenta de que ha perdido a la persona que sigue. Trata de alcanzarla con el ascensor, que, supone, es más rápido que una persona. Entonces, cuando llega a la entrada nota unas huellas de zapatillas. Las mide con su pie y les toma una fotografía con su celular.

Vuelve a su hogar muy asustado. Definitivamente alguien lo está buscando para hacerle daño y, lo peor, es que esa persona sabe dónde vive. A pesar del pánico que siente, enciende la computadora y se pone a trabajar, pues necesita hallar una solución rápida y en la oficina no le van a creer, pues cada vez que habla de sus propias investigaciones o de los atentados contra su vida, el jefe lo regaña y le pide que se concentre en casos reales. Enciende la computadora e introduce en una búsqueda de Google las huellas de las zapatillas que fotografió. Encuentra rápidamente el modelo y la marca. Busca en su memoria aquel tipo de calzado y, de pronto, se le viene a la cabeza haber visto a un hombre con esa vestimenta. Sonríe y suspira un poco aliviado.

Con un nuevo sospechoso en su lista se acuesta satisfecho y se duerme rápidamente.

A la mañana siguiente le cuesta un poco abrir los ojos. Ha soñado que lo mataban y eso le ha impedido un buen descanso. Decide que es tiempo de tomar cartas en el asunto y comentarle a su jefe sobre sus nuevas sospechas. Tiene que escucharlo al menos.

—Jefe, le habla Logan Clarks.

—Hola, Logan. ¿Te encuentras bien? Ya casi es hora de que entres al trabajo.

—Estoy de maravilla, señor.

—Me alegra muchísimo. Esperamos tu entusiasmo en la oficina.

—Le tengo novedades. Estuve investigando por cuenta propia…

—¿Qué?

—Que estuve investigando por cuenta propia al culpable de tantos asesinatos y creo que tengo pruebas suficientes sobre cierto sospechoso…

—Ven rápido, Logan. Te dije que dejaras esa investigación.

Cuelga el teléfono y va resignado a trabajar. Cuando intenta hablarle del tema a su jefe, lo encuentra de muy mal humor. No acepta ver las investigaciones de Logan.

Esa noche Logan llega a casa con una mezcla de rabia y de placer. Es verdad que en la oficina no le creen, pero él tiene el presentimiento de que, si recolecta absolutamente todas las pruebas y atrapa, por su cuenta, a la persona en cuestión, todos tendrán que, al menos, prestarle atención. Se sienta en su sillón y se da cuenta de un pequeño cablecito que se deja ver detrás de uno de los muebles del comedor. No lo toca. Está muy susceptible últimamente, sobre todo después de lo sucedido la noche anterior.

Charles y Grace se han distanciado un poco en los últimos días. Ella ya no confía mucho en su marido y él se ha vuelto más hermético, por lo que la comunicación entre ambos es, cada vez, más escasa y complicada. Ella piensa que él se está viendo con otra mujer, con la tal Audrey Kinsley. Él está un poco susceptible por la llave. Ya van varios días sin encontrarla y, a pesar de que no ha hecho el esfuerzo suficiente para buscarla, se siente muy nervioso.

Logan, que estaba un poco triste en su casa, decide pasar por su vecino y llevarlo a tomar unas cervezas al departamento, pues está vacío. Toca el timbre. Abre Charles.

—¡Logan! ¡Qué sorpresa! ¿Qué te trae por aquí? —pregunta con cierto desgano.

—Vine a sacarte un rato. Quisiera tomarme una cerveza contigo, ya que mi mujer y mi hija salieron de viaje.

—Claro que sí —afirma Charles mientras mira a Grace saliendo de la cocina—. Iré con Logan por unas cervezas —le dice.

—Está bien. No vuelvan tarde —dice ella con un tono cortante.

—Regresará temprano, querida Grace —interviene Logan—. Estaremos al frente.

—Qué les vaya bien —dice ella sin mucha emoción.

Los dos hombres van al departamento del frente en completo silencio. No ha sido un buen día para ninguno de los dos.

Grace, inmediatamente, va a la habitación matrimonial, abre el cajón y se da cuenta de que el diario no está ahí adentro. Se enoja y comienza a buscarlo por toda la habitación.

Logan, como siempre, es quien rompe el silencio.

—¿Cómo has estado, Charles? ¿Cómo van las cosas con Grace? —pregunta con cierta timidez—. ¿Hablaste con ella sobre lo distantes que estaban?

—No. No lo hice. La situación está complicada —afirma él.

—Es difícil, hombre. Pero tienes que intentarlo.

—Lo sé…, lo sé. ¿Cómo te va con María?

—Estamos mucho mejor desde hace varios días. Ya no me preocupa nuestra relación. ¿Sabes? Me preocupa ella.

—¿Ella? ¿Por qué?

—Ya sabes. Está sin trabajo y eso la tiene bastante frustrada. —Logan se queda cabizbajo pensando en su esposa—. Creo que le hará bien visitar a su amiga en Cheverdale. Necesita despejarse un poco. Además, después de todas las historias que Gloria le contó sobre el lago, dudo que sea muy grato para ella estar aquí, debe sentir miedo.

—Pobre, María.

Charles bebe lo último que queda de cerveza en la lata que tiene en la mano para taparse la boca, no sabe qué más decir.

—Tienes que hablar con tu esposa —le dice Logan en tono amigable.

—Sí —afirma él con un tono seco y cortante. Mira fijamente a su amigo.

—En serio.

—Lo haré. —Mira su lata vacía y vuelve a mirar a su amigo—. ¿Tienes más cerveza como prometiste, Logan?

—Claro que sí. Está en la nevera—le dice Logan con una sonrisa en el rostro—. Ve a buscar una para ti y otra para mí, por favor.

—Está bien. Ya vuelvo.

Charles se pone de pie y camina hacia la cocina.

Grace se desespera. Necesita seguir leyendo el diario. ¿Qué es lo que le esconde su marido? Se siente traicionada. Chris entra a la habitación de sus padres y ve que todo está desordenado. Su madre se sobresalta y voltea a mirarlo. Él no pregunta nada, solamente busca un cuaderno de la escuela que había olvidado ahí y se retira.

Logan se da cuenta de que su amigo está tardando demasiado en la cocina.

—¿Charles? Te estás tardando mucho, hombre. Ven para acá que te tengo buenas noticias que aún no te he contado.

—Ya voy, Logan. Espérame un momento —dice él mientras se acomoda bien los botines que lleva puestos.

—Pensé que te habías quedado dormido —dice Logan con una sonrisa cuando lo ve acercarse con las cuatro latas.

—Perdóname, me estaba amarrando los zapatos.

—Se te hizo difícil, ¿verdad? —dice Logan en tono burlón.

—Toma, bébete una cerveza —le dice a Logan pasándole una de las latas. Las otras las pone sobre la mesa.

—Gracias, hombre. Pero tranquilízate que tienes que escuchar mi historia antes de emborracharte. Además, cuidado con que tu mujer te vea en mal estado.

—Cuéntame tu historia.

—Atrapé al asesino de Syd. —Charles mira incrédulo a Logan, con los ojos bien abiertos y los labios contraídos—. ¿Qué sucede, hombre? ¿No me crees? Quita esa cara de sorprendido. Alégrate por mí. —Pero Charles no puede mover ni un solo músculo—. Se trata de un antiguo enemigo de Syd.

—¿En serio? —pregunta Charles incrédulo.

—Sí. Un tipo que había conocido en la secundaria y con quien tenía una terrible enemistad. Lo conocí el año pasado, cuando vinimos a visitar a Gloria.

—¿Vinieron? ¿Por qué no nos conocimos?

—No lo sé —dice Logan alzando los hombros—. Pero lo importante, querido Charles, es que ya tengo a un nuevo sospechoso y creo que con este tipo no me equivoco.

—Es increíble que lo hayas encontrado, Logan —dice con una sonrisa.

—Lo sé, lo sé. Brindemos.

Es así que ambos se terminan, casi de golpe, las latas de cerveza que tienen en las manos. Después se quedan conversando sobre trivialidades. Charles le pide a su amigo, un par de veces, que le cuente cómo fue que halló a ese sospechoso, él le dice que no quiere hablar de ese tema, que solamente quiere brindar. Se quedan varias horas conversando y bebiendo cerveza. Entonces, cuando están un poco ebrios, el señor Peterson le pregunta a Logan el nombre del sospechoso y él le dice el nombre de un tipo que Charles no conoce. Después de eso siguen festejando.

Ya entrada la madrugada, Charles vuelve a su hogar. Está un poco mareado, pero muy contento. Cuando entra a su departamento encuentra a Chris jugando videojuegos, le da un beso en la frente y le dice que se acueste, que ya es muy tarde. Él le hace caso. A su mujer la encuentra llorando amargamente.

—¿Qué pasó, mi amor? —le pregunta mientras cierra la puerta de la habitación y se le va acercando. Ella no contesta —. ¿Grace? ¿Mi amor?

Su tono es dulce y comprensivo. Ella no deja de llorar.

—¿Grace? ¿Qué sucede?

—¡Eres un idiota, Charles!

—¿De qué me hablas? —pregunta él asombrado.

—¡Dime la verdad!

—¿Sobre qué?

—Sobre Audrey Kinsley.

Charles se sienta al pie de la cama y comienza a frotarse la cabeza. Su mareo no le permite ordenar bien sus ideas.

—¡Amor! —le dice con dulzura—. No tengo ojos para otra mujer que no seas tú —le dice y le extiende la mano para que ella se acerque. Ella no hace caso, pues sigue llorando.

—¡Dime la verdad!

—No salgo con esa mujer. Y no me cansaré de decírtelo. No tengo ojos para otra mujer que no seas tú.

—No te creo.

—Por favor, mi vida.

—¿Cómo sabías su nombre y que era ella la amante de Syd? —pregunta enojada Grace—. ¿Y por qué Logan te encontró merodeando cerca al departamento de esa chica?

Charles se queda mirándola con los ojos bien abiertos. Ella lo mira inquiridoramente. Está furiosa. Ninguno de los dos dice absolutamente nada. Se quedan en silencio absoluto.

—¿Son verdaderas mis sospechas, Charles? —pregunta ella con desdén.

—¡Tranquilízate! Por favor. Hablemos mañana —dice él mientras se pone el pijama y se mete bajo las sábanas. Grace no deja de llorar, pero no insiste más.

A la mañana siguiente, Charles despierta completamente solo. Lanza un suspiro de resignación y se levanta de la cama. Encuentra a su esposa durmiendo en la habitación de Samantha. Trata de saludarla con un beso, pero ella lo esquiva.

—Lo sé todo, Charles.

Él la mira sin objetar nada. No sabe cómo convencerla.

19

Logan despierta algo mareado, pero muy contento. María y las chicas llegarán dos días después, así que él seguirá solo y podrá continuar con su trabajo sin intromisiones. Ahora tiene todo el tiempo para concentrarse.

Esa mañana, inevitablemente, Charles debe ir a la ferretería a trabajar. Chris pide permiso para ir a jugar fútbol con sus amigos, sus padres lo dejan. Grace, a las nueve de la mañana, al verse completamente sola, vuelve a revisar la habitación para probar suerte. No encuentra en ninguno de sus recovecos el diario de su marido. Es así que decide continuar su búsqueda en el resto del departamento. Está completamente sola y nadie la interrumpirá.

Se pasa más de una hora levantando y moviendo muebles. Encuentra un celular antiguo que Chris creía haber perdido, encuentra una muñeca de trapo de Samantha, algunos tornillos, pero no el diario. Va hacia la cocina, cree que es probable que lo encuentre en ese lugar. Antes de entrar mira en el piso un cuchillo para cortar carne. Nota que está muy filudo y se horroriza, pero, después de levantarlo y ponerlo sobre la mesa, continúa su búsqueda.

Finalmente halla el diario detrás del tacho de basura. Tiembla con él en sus manos y comienza a llorar. Después toma asiento, busca la última entrada leída y empieza a leer la siguiente.

"17 de febrero

Todo empeora, todo da vueltas y vueltas, y cada vez me siento menos seguro de estar haciendo las cosas correctamente. Alguna vez creí estar seguro de hacerlo todo bien, pero últimamente el remordimiento le gana a mi autoestima y me siento encerrado en un callejón sin salida.

Mis paranoias crecen cada día más. Es difícil de explicar y me cuesta mucho poner en orden mis pensamientos. Pero empezaré diciendo que Grace ha estado diferente conmigo, las cosas ya no son iguales. La Grace con la que me case era una mujer sumisa y muy tranquila, pero algo ha ocurrido este último tiempo que la ha hecho cambiar mucho. No sé si se trata de cosas que yo estoy haciendo, o si se trata de su nueva amiga: María. Ella es una buena persona, pero se la nota mucho más fuerte y decidida que a Grace. Quizá es ella quien le mete ideas en la cabeza. Ya no sé cómo recuperar a la mujer con la que me casé. Es decir, no es que me disguste la nueva Grace, solamente que la siento más distante de mí que a la anterior y eso me duele bastante.

Mis hijos crecen y siento que no soy un buen padre. Chris ya va a cumplir catorce años y todavía no le he dado la famosa charla que todos los padres deben darles a sus hijos. Mi Sami crece llena de energía y felicidad, sin embargo, yo no estoy ahí para ella todo el tiempo. Hace unas semanas me preguntó por qué salía a correr tan tarde y yo me quedé completamente mudo. ¿Qué debería decirle? Ella es muy inteligente y se da cuenta de que algo no va bien, se da cuenta de que no es normal que tu papá se ausente en las noches mientras tu madre te hace dormir. Creo que los defraudo todo el tiempo.

Pero lo que de verdad me molesta es que no soy un buen hombre. Creí que podría serlo, pero no estoy ni cerca de eso. Miento, todo el tiempo miento. Le miento a Grace, les miento a mis hijos y me miento a mí mismo. Las cosas que hago no pueden ser buenas, no son acciones que un ser humano realice en su sano juicio. Creo que de verdad estoy enfermo, y no lo digo por mi salud física, sino por mi estado mental. Ya no me reconozco frente al espejo después de hacer ciertas cosas. Me siento terrible.

Maté a mi padre y no sé si realmente puedo perdonarme eso. Lo odiaba muchísimo, es verdad, y no lo odiaba solamente yo, sino que también mis hermanos lo aborrecían e incluso, quizá, también mi madre, pero matar a alguien es un acto realmente terrible. Maté a mi padre y me odio por haberlo hecho. Recuerdo sus gritos, recuerdo la ira que sentía mientras le echaba alcohol y recuerdo el placer desgarrador que sentí en mi estómago cuando le lancé el cerillo. Cuando lo vi incendiarse me di cuenta de lo que estaba haciendo y fue entonces que todo se desvaneció. No recuerdo más.

Ayer en la noche, Logan, mi nuevo amigo, me mencionó sobre las sospechas que tenía de mí. Me dijo que creía que estaba saliendo con Audrey Kinsley. Cuando la mencionó, la imaginé igual de horrible que las mujeres que mi padre llevaba a casa en las noches, esas mujeres horribles a las que les tocaba los senos y a las que besaba con el aliento asqueroso que le dejaba el alcohol. ¡Qué mujeres más horribles! Audrey Kinsley no es tan vulgar como ellas, pero cuando Logan me la mencionó la visualicé así. Él no hallaba otra explicación a que yo conociera a esa muchachita. Tuve que mentirle. Le dije que la había visto unas cuantas veces de la mano de Syd. ¿Qué más podía decirle?

Hoy no fui a trabajar y eso hace que me sienta mucho peor. Soy un inútil.”

Grace llora después de leer aquella entrada. Al parecer todas sus sospechas son reales y Charles sale con Audrey Kinsley. No comprende las razones por las que no le cuenta a Logan la verdad, pero presiente que él quiere dejar la menor cantidad de rastros posibles.

Logan Clarks, mientras tanto, está en el trabajo. A diferencia del día anterior, hoy se encuentra muy feliz y decidido.

174

Sus compañeros lo notan y piensan que se trata de otra de sus ocurrencias. No le preguntan nada, a excepción del hombre calvo que le contó sobre las leyendas de Wicked Lake. El señor Clarks le dice que está de buen humor porque así despertó y porque la noche anterior pasó una bonita velada junto a un amigo muy querido. No le dice absolutamente nada sobre las pistas encontradas, pues sabe que en la policía ya no lo toman en serio.

Grace, en su cocina, se seca las lágrimas y busca valor para volver a abrir el diario de su esposo.

"18 de febrero

Es de madrugada y siento que no puedo seguir más con mis mentiras. He dormido todo el día, me he despertado en la noche, he escrito un poco y ahora no sé qué más hacer para pasar el tiempo. Se me ha ido el sueño, no voy a poder conciliarlo, es imposible.

Siento que voy a morir si sigo escondiendo las cosas. Ya no puedo más. No sé qué hora es, pero todos en casa duermen, incluso Grace que, amorosamente, ha estado atenta a mí todo el día. La amo muchísimo. En fin, todos duermen y yo estoy en la cocina, el lugar más alejado de las habitaciones. Creo que ahora sí me siento lo suficientemente libre como para contarlo absolutamente todo.

Empezó con mi padre. Absolutamente todo empezó con mi padre. A veces creo que no tenía otra alternativa, tenía que matarlo, pues si no lo hacía él hubiera matado a mi madre y quizá a mis hermanos. Sé que puede sonar como un simple y burdo consuelo, pero si no hubiera actuado como actué aquel día tal vez ni siquiera podría estar escribiendo estas páginas… Siento que eso hubiera sido mejor.

No recuerdo mucho de los primeros meses que viví con el tío Richard; cuando intento pensar en esos tiempos solamente me viene a la mente su voz áspera regañándome cuando me alteraba y peleaba con hombres que no conocía. Y es que, después de aquella horrible escena, sentí que no había terminado de aplacar la rabia que llevaba acumulada dentro de mí por tantos años. Cualquier actitud parecida a la de mi progenitor me hacía perder los estribos y entonces me ponía muy violento. Creo que golpeé a un par de hombres en aquella época, aunque no estoy seguro de haberlo hecho o haberlo imaginado. Mi tío no me dejaba hacer ninguna atrocidad.

Luego murió mamá. Yo había empezado a trabajar en la ferretería del tío Richard, ganaba un poco de dinero y podía ir al cine con algún amigo o entretenerme yendo a jugar bowling. *Sentía que mi vida, y la de mi familia, habían mejorado y, al fin, habían tomado un buen camino; pero me equivoqué. Estaba tan ocupado aprendiendo a atender la ferretería y disfrutando de mi nueva vida que no me di cuenta de que mi madre se había vuelto alcohólica. Ella nunca fue agresiva, por lo que no causaba daños cuando bebía, pero se deprimía mucho. No me enteré de eso hasta la tarde en la que llegué a casa y la hallé ahogándose con su propio vómito. Había estado bebiendo y aquel día se le pasó la mano. Mike me contó que no sabían cómo alejarla de la bodega del tío Richard.*

Los años pasaron y mi tío me enseñó a controlar mis impulsos violentos. Simplemente me enfurecía ver que alguien se comportaba como mi padre. Me enfermaba, por ejemplo, cómo trataba el director de mi escuela a su esposa. Le gritaba todo el tiempo y, por si eso fuera poco, me enteré de que la engañaba con una de las chicas de la secundaria. Después de la muerte de mi tío investigué a ese hombre, pues lo había soportado muchos años, lo encontré y lo convertí en mi segunda víctima. Después de matarlo vi la sangre en mi pecho y me sentí horrible. En ese entonces ya salía con Grace y pensé que tenía que contárselo. Al final no me animé a decirle absolutamente nada. Tal vez haberlo hecho hubiera cambiado mucho el curso de mi historia."

Grace no puede soportar el golpe. Es demasiada información. Su marido es un loco, un depravado, un asesino. Llora sin consuelo con la cabeza entre las manos, siente que su pecho va a estallar.

Charles, en la ferretería, se siente muy solo y triste. No sabe cómo explicarle a su esposa que no le es infiel, que nunca lo ha sido y que nunca lo sería. Entran algunos clientes que atiende con desgano. Hoy olvidó su diario. En todo el caos lo olvidó. Suerte la suya la de haberlo cambiado de sitio, temía que su esposa leyera algo.

La señora Peterson decide dejar de leer el cuaderno, pues no quiere enterarse de nada más. Sabe que lo que leyó le basta y le sobra para divorciarse de su marido. Deja el diario en el lugar en el que lo encontró y comienza a ordenar todo el departamento.

Se distrae un rato, pero termina antes del mediodía, por lo que se va al parque hasta que Chris regrese. Cuando su hijo mayor vuelve a casa, almuerzan y él, nuevamente, le pide permiso para salir; esta vez irá a la casa de un amigo para ver películas. Ella accede.

Grace vuelve a tomar el cuaderno de su esposo porque se da cuenta de que necesita saber más. Abre la siguiente entrada.

"19 de febrero

Tardé unos meses más en volver a matar a otro hombre. El siguiente fue un tipo que frecuentaba la ferretería y que siempre llevaba a su hija adolescente, vivían solos porque su esposa había fallecido en un misterioso accidente. Corría el rumor, entre los vecinos de la zona, de que el tipo había matado a su mujer y que se tiraba a su hija, sometiéndola. Una noche me paré frente a su casa y escuché gritos de él y de su hija, luego lo vi salir borracho y furioso. Me abalancé sobre él y le quité la vida con una estaca puntiaguda que me había fabricado. Después me enteré de que su hija no era violada, como la gente decía, sino que era, simplemente, una adolescente malcriada. La madre se había suicidado. Me arrepentí muchísimo y decidí que, desde entonces, investigaría mejor a mis víctimas.

No recuerdo bien cuándo sucedió la siguiente vez. Creo que ya estaba casado con Grace, no estoy muy seguro. Pero de lo que sí estoy seguro es de que a la cuarta vez le siguió una quinta, a esa una sexta y así me fui convirtiendo en el asesino repugnante que soy ahora. Mi esposa es una mujer muy bondadosa y su corazón no admite la maldad, por lo que me es muy fácil mentirle, aunque eso me hace sentir realmente horrible. Le digo que voy a correr, que necesito relajarme, estirar las piernas. Al menos le digo una cosa verdadera, sí voy a estirar las piernas, pero no las mías, sino las de tipos despreciables. Creo que solamente me queda eso como consuelo, que los tipos a los que mato no merecen estar vivos.

Yo maté a Syd. No lo aguantaba. Gloria es una mujer encantadora, tal vez es un poco extraña y hermética, pero eso no le quita que sea muy amable. El tipo le gritaba todo el tiempo y además salía con Audrey Kinsley, una chica de veintidós años que tiene como pasatiempo principal salir con hombres que le doblen la edad y que, de preferencia, sean casados. Debo admitir que es una mujer muy atractiva, pero tonta. Todavía es joven y no se da cuenta de lo que hace, no se da cuenta de cómo arruina su vida.

¿Cómo la investigué? Eso es de lo más fácil que he hecho. Los universitarios siempre te cuentan todo sobre sus compañeros, les encanta revelar información ajena. Fue una de sus supuestas mejores amigas quien me contó todo, solamente tuve que inventarme que Gloria era mi hermana y que quería saber en qué andaba el asqueroso de Syd quien, supuestamente, era mi cuñado. Ella habló sin parar de Audrey.

Mi nuevo amigo, quien está investigando todos los asesinatos del barrio, tiene sospechas de que es Audrey la asesina en serie. La historia de cómo se hizo mi amigo es muy extraña, pero me resulta práctico ya que desvío todas las sospechas de mí; aunque a veces no estoy tan seguro de que realmente sea así. Él cree que, si no es Audrey la asesina, es Gloria. Me siento un poco culpable al impulsarlo a pensar eso, pero, ¿qué más podría hacer? Tengo que cubrirme la espalda. Además, Audrey Kinsley se lo merece por andar jugando a ser la amante de tantos hombres. ¡Qué niña más tonta!"

Grace derrama lágrimas sin parar. Realmente no puede creer nada de lo que está escrito en ese cuaderno. Al menos sabe que una de sus sospechas es falsa, su marido no sale con Audrey Kinsley. De todas formas, es realmente horrible para ella enterarse de que el padre de sus hijos es un asesino en serie, un psicópata que ha sido afectado por los sucesos que tuvo que aguantar durante su infancia. ¡Es espantoso!

Grace recobra el aliento a pesar de que no puede dejar de llorar. Se siente impotente y engañada, además de horrorizada. Toma valor y vuelve a abrir el diario en una de las últimas entradas. Nota que es del día anterior.

"29 de febrero

Ahora si estoy completamente seguro de que las cosas se han arruinado por completo. Creí que podría librarme, pero no es así. Los micrófonos que instalé sirvieron de algo. Logan lo sabe todo, absolutamente todo. Lo escuché hablando con su jefe en la mañana, le dijo que ya sabía quién era el delincuente. Quisiera pensar que se equivoca y no sabe que soy yo el asesino en serie, quisiera pensar que atrapó al tipo equivocado, pero todo apunta a que sabe que soy yo.

Nos llevamos muy bien, pero no puedo permitir que arruine mi vida metiéndome a la cárcel y alejándome de mi esposa y de mis hijos. La siguiente vez que nos veamos, lo emborracharé, me las arreglaré para hacerlo beber más de lo que yo beba y lo mataré. No sé cómo eliminaré las evidencias. Puedo quemar mi ropa. No lo sé. En fin, eso lo pensaré después de matarlo. ¡Qué pena tener que acabar con la vida de un hombre tan digno y con un corazón tan bueno! Si tan solo no fuera policía…"

Grace lanza el cuaderno espantada. No puede hacer otra cosa más que llorar, pues se siente impotente y desgraciada. Todo es peor de lo que ella pensaba, su marido no está, solamente, mal de la cabeza, sino que es un psicópata asesino. ¿Por qué mata a tanta gente?¡Debe evitar que Charles vuelva a matar! Aunque, en realidad, no sabe cómo hacerlo.

En la noche, Charles llega a casa y encuentra a su mujer llorando en la cocina. Piensa que lo hace por sus sospechas respecto a Audrey Kinsley, pero entonces mira su diario abierto sobre la mesa. Comienzan a resbalar de su frente gotas de sudor frío y no sabe cómo controlar su nerviosismo. Ella no deja de llorar.

Para Charles todo se hace muy confuso, no sabe qué hacer con su mujer. Tiene muchas preguntas en la cabeza. ¿Por qué Grace leyó el cuaderno? ¿Ya lo habría hojeado antes? La mira llorando indefensa y no sabe cómo convencerla para que sea su cómplice.

—Grace. ¡Nos vamos!

—¿Dónde?

—Nos vamos de aquí, lejos —la toma del brazo, le tapa la boca y se la lleva. Bajan al garaje, la mete al auto y arranca.

—¿Dónde me llevas, Charles? —le reclama ella con un tono de preocupación.

—Lejos.

Ni siquiera él tiene un verdadero plan. ¿Va a desaparecerla, va a matarla? No sería capaz de hacerle eso a una mujer, jamás. Y menos se lo haría a su propia esposa. Cuando llegan a una callecita oscura, alejada de Blue Lake, él la mira fijamente.

—Tienes que serme fiel, mujer.

—Charles. ¡Eres un monstruo! —ella se pone a llorar mientras lo dice—. Eres horrible.

—Ayúdame. Por nuestros hijos, por favor. Dejaré de hacerlo, buscaré ayuda. No quiero ir preso.

—Eres un monstruo —sigue llorando con las manos en los ojos.

—Quiero cambiar, convertirme en otra persona.

—No te creo.

—Hazlo por nuestros hijos, Grace. ¡Ayúdame! Por favor.

Se hace un silencio muy tenso. El tono de voz de Charles es dulce, pues no podría hacerle daño a su mujer. Ahora solamente le importa recuperar su amor y mantenerse fuera de la cárcel. Después de pensarlo unos segundos, que se hacen infinitos dentro del auto, ella asiente con la cabeza, él le da un beso en la frente y la lleva a casa. No tiene otra opción más que confiar en Grace. No sabe si va a poder cumplir su promesa y eso le preocupa, pero luego verá la forma de lidiar con eso.

20

DESPUÉS DE AQUEL horrible episodio Charles decidió volver a ir al psicoanalista, se lo dijo a Grace y ella lloró. ¿Qué más podría hacer? María y las chicas llegaron y fue entonces que la relación entre familias que tanto había soñado Grace se hizo mucho más estrecha. Grace ayudó a María a conseguir trabajo poco después que ella regresó de Cheverdale. María no tenían más alternativa que aceptar la ayuda que la señora Peterson le había ofrecido. En realidad, Grace solamente buscaba limpiar su consciencia con ese acto, a pesar de que eso significara mantenerse en una eterna tensión por tener que guardar el horrible secreto de su marido. Era realmente terrible, pero no tenía más opción, solamente así se sentiría mejor consigo misma y con su silencio de complicidad.

El psicoanalista, después de pocas sesiones, convencido de que su paciente estaba simplemente estresado y lleno de una ira mal manejada, pero sin saber realmente lo que había hecho Charles, le aconsejó que empezara a hacer ejercicios para aliviar sus tensiones y para quitarse de encima toda la rabia que había estado acumulando por años. Fue entonces que decidió salir a correr en las noches. Grace, preocupada por los antecedentes, lo acompañó la primera semana, pero al comprobar que su marido mejoraba lo dejó en paz. Comenzó a confiar en él nuevamente, pero le había perdido todo el cariño que tantos años les había costado construir. Algunas noches Logan se quedaba en el departamento conversando con su vecina mientras su amigo se ejercitaba, otras, salía inmediatamente excusándose en lo cansado que se sentía. Grace se sentía agradecida con su vecino, pero al mismo tiempo no podía evitar la sensación de ser perseguida.

La relación de María y Grace se quebró un poco, pues la segunda no se sentía fiel. ¿Qué le contaría? La afinidad entre ambas era tan fuerte que terminaría confesándole aquel secreto que había prometido no contar. María se sintió un poco triste al notar la distancia de su amiga, pero se distrajo bastante después de que le dieron el trabajo en el hospital.

Una de las noches, Charles sale como de costumbre a trotar, pero algo que lo había tenido atormentado todo el día sigue dando vueltas en su cabeza. Había visto al prometido de una de sus clientas de la ferretería de la mano de otra mujer. Trató de ignorar el hecho, pero luego de aquella escena entró su clienta a la ferretería y volvió a contarle de lo feliz que se sentía con su novio, como cada vez que iba. Aquello, simplemente, hizo que se molestara y volviera a llenarse de rabia.

Después de cenar, Logan lleva a Kate a la cama, le dice que se duerma, cierra la puerta de su habitación y se encierra junto a su esposa en la cocina.

—María, sé que hemos pasado por muchas cosas y que no te gustaría que te siga escondiendo cosas. Pero tienes que dejarme salir esta noche y no preguntar nada —le dice Logan.

—¿Por qué, amor? ¿Qué sucede? —María se exaspera.

—Es un secreto, es algo del trabajo. Se trata del asesino...

—¡Creí que te habían quitado ese caso, Logan! ¿Te lo volvieron a dar? ¿Cuántos secretos me vas a esconder? —pregunta María furiosa.

—No me lo volvieron a dar, es por eso que no puedo contarte nada.

—¿Estás haciendo esto solo? ¿De qué se trata, Logan?

—Solamente déjame salir, por favor. Te prometo que cuando regrese y todo esto termine te contaré absolutamente todo lo que necesites saber.

María ve en los ojos de su esposo que realmente necesita ir detrás de aquel criminal y demostrarles a todos que es un buen policía, que puede hacer su trabajo bien y que siempre ha tenido razón, por lo que su jefe fue un tonto al dejar de creerle. Sabe que resolver este crimen lo es todo para Logan y quizá sea el caso más importante de toda su carrera. Ella siempre ha estado a su lado y quiere lo mejor para él. Tiene que dejarlo ir.

—Cuídate mucho, Logan. ¡Te amo!

Marido y mujer se besan. Ella siente un pinchazo en el pecho y se le sale una lágrima amarga cuando lo ve irse hacia el ascensor.

Logan trota y, tal y como pensaba, ve a Charles. Se esconde de él y trata de pasar desapercibido, pero, aun así, intenta seguirlo.

Blue Lake es un barrio con las calles bastantes desiertas en las noches. Uno se encuentra a personas cada tres cuadras con suerte. A Logan le late el corazón con mucha fuerza, se siente nervioso y, al mismo tiempo, terriblemente abrumado. ¡Va a atrapar con las manos en la masa a su único verdadero amigo de Wundot Hills que resultó ser un asesino! Se alegra un poco de haber descubierto los micrófonos que él le había puesto en el departamento y de hacerle creer que había atrapado a otro tipo, pero al mismo tiempo siente cierto remordimiento por haber alargado tanto el proceso. Y es que tenía que recolectar unos cuantos datos más para estar totalmente seguro de que era él a quien buscaba y llevarlo ante la justicia con todas las pruebas necesarias para que recibiera justo castigo por todos sus crímenes. Pero ya es hora de atraparlo.

Lo mira correr y lo nota algo preocupado. Trata de esconderse con más rigor, pues si llega a ser visto antes de tiempo las consecuencias podrían ser terribles. Lleva su arma lista por si las cosas salen mal y Charles no se entrega. No quiere llegar a eso. De pronto ve como su amigo dobla hacia un callejón oscuro, siente muchísimo miedo de meterse ahí. Sabe que ese callejón no tiene salida.

Escucha risas, una de un hombre y la otra de una mujer, pero las risas se cortan poco después de que Charles entra al callejón. Unos segundos más tarde, sale una chica corriendo, se la ve espantada. Es entonces que Logan decide entrar con el arma cargada y en la mano. Lo ve a él, ve a otro hombre, un hombre joven, y siente temor. No solamente temor, sino también pánico. Le cuesta hablar.

—¡Alto ahí! ¡Arriba las manos!

La chica que sale corriendo escucha dos tiros que vienen del callejón en el que ella se estaba besando con su amante, un joven comprometido y pronto a casarse. Ella lanza un grito en medio de la calle, al grito le sigue un llanto amargo que despierta a varias personas del barrio. Salen mujeres, hombres, e incluso un niño. Todos corren a consolarla y a preguntarle qué es lo que ha sucedido.

EPÍLOGO

Dᴇᴀɴ Wᴀᴛᴛs y Melanie King llegan a su nuevo hogar después de casarse. Se han comprado un departamento muy lindo en Blue Lake, en un edificio bastante bonito que tiene vista al lago. Cuando suben al piso que les indican los porteros ven dos puertas y no saben cuál de las dos tocar. Tienen todas sus cosas empaquetadas y sus documentos de identidad a la mano para firmar el contrato con la mujer de la inmobiliaria, quien los está esperando. Él está un poco molesto.

—¿Por qué eres tan tonta a veces? Te dije que te apresuraras más en empacar tus discos —le dice a Melanie en un tono despreciable.

—Lo siento, Dean. No quería hacerte enojar.

—¿Qué timbre debemos tocar? —Ella lo mira de reojo—. ¿No lo sabes? ¿Ves que eres tonta? ¿Cómo no puedes recordar una simple dirección?

Muy molesto toca un timbre al azar y un hombre les abre inmediatamente, como si hubiera estado escuchándolo absolutamente todo detrás de la puerta y estuviera atento a abrir.

—Buenas tardes —saluda.

—Disculpe, señor. Nos mudaremos al frente, nos equivocamos. Mi esposa no recordaba cuál era el timbre.

—Pasen, por favor. Me gustaría conocer a mis nuevos vecinos.

Dean y Melanie entran al departamento, se admiran con lo lindo que es y les entristece un poco verlo tan desordenado, parece que aquel hombre vive solo en él.

—Gracias, señor.

—Mi nombre es Charles, amigos. Charles Peterson.

—Es un gusto, señor. Nosotros somos Melanie y Dean. Recién nos casamos.

—¡Qué bueno que han venido aquí! Llegaron a la zona perfecta para comenzar su matrimonio.

FIN

El "Asesino del lago" regresa en *El misterio del lago*. Obtén la segunda parte de esta trepidante serie aquí:
https://geni.us/elmisteriodelago

NOTAS DEL AUTOR

Espero hayas disfrutado la lectura de esta novela.

Si te gustó mi obra, por favor déjame una opinión en Amazon. Las críticas amables son buenas para los autores y los lectores... y un estudio reciente (realizado por mi persona) también indica que escribir una opinión positiva es bueno para el alma ;)

¿Sabías que ahora también puedes disfrutar de mis historias en audiolibros? Te invito a gozar de esta experiencia con mi relato *Los desaparecidos*. Escúchalo **gratis** aquí: https://soundcloud.com/raulgarbantes/losdesaparecidos

Puedes encontrar todas mis novelas en mi página web: www.raulgarbantes.com

Finalmente, si deseas contactarte conmigo puedes escribirme directamente a raul@raulgarbantes.com.

Mis mejores deseos,
Raúl Garbantes

amazon.com/author/raulgarbantes

goodreads.com/raulgarbantes

instagram.com/raulgarbantes

facebook.com/autorraulgarbantes

twitter.com/rgarbantes

Made in the USA
Coppell, TX
08 February 2023